企鵝鉄道
失物招領課

ペンギン鉄道なくしもの係

名取佐和子—著　鍾雨璇—譯

目錄

1

貓與命運

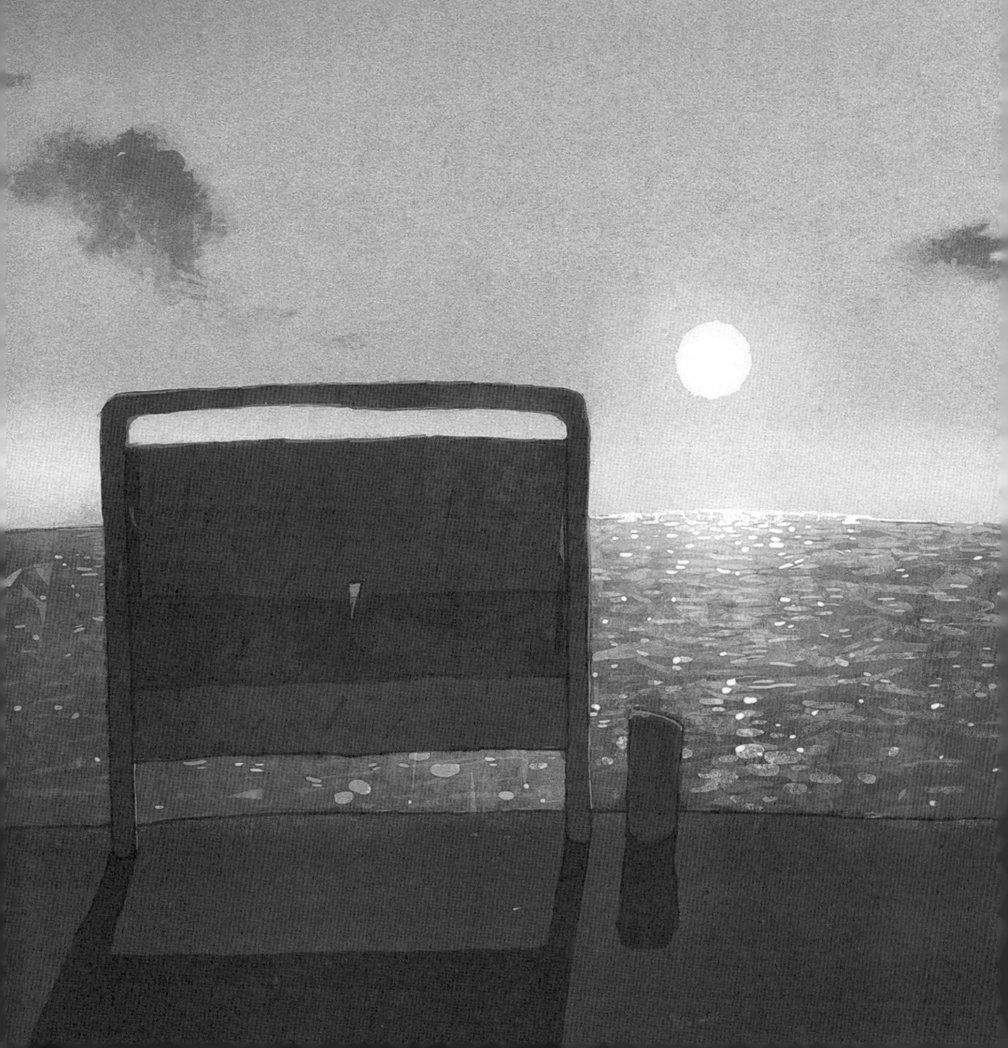

一、二、三、四、五……笹生響子慢慢數到十，從文庫本（註）抬起目光。

「眞的在那裡。」

響子脫口而出。

冷氣運作良好的車廂內空空蕩蕩，響子坐的綠色長條座椅上，只有她和另外兩名相隔遙遠的乘客。高中生模樣的男孩戴著耳機，連按掌上型遊戲機的按鍵；和響子差不多年紀的三十幾歲女子，側揹印有百貨公司標誌的紙袋，點著頭打瞌睡。不論是哪一名乘客，似乎都沒聽到響子的自言自語。

響子鬆一口氣，卻夾雜著些許遺憾。畢竟她迫切希望與人分享此刻的驚訝，眼前畫面的衝擊力實在超出能夠獨自消化的程度。

響子將文庫本拿高到眼睛下方，再次望向距離最近的車門左側。

一隻企鵝站在那裡，半點不假。不是什麼幻影，千眞萬確就在那裡。

企鵝的橘色嘴喙朝向車門，並未抓著門旁的握把——說起來，企鵝似乎也沒辦法「抓著」握把，僅憑兩腳挺直站立。

在眺望車窗外的景色嗎？企鵝烏溜溜的雙眸凝視著一點，一動也不動，表情沒有任何變化。

響子以文庫本遮住半邊臉，迅速環顧車廂內。遺憾的是，沒半個人看企鵝一眼。不，等等，只有一個人看著企鵝。坐在博愛座的白髮老先生，無比慈愛地注視企鵝，但也僅僅如此。他沒像響子一樣驚慌失措，沒不解風情地顧著拍照發推特，而是從容面對，彷彿那是日常情景的一幕。

這是怎麼回事？我搭上企鵝特別列車了嗎？響子腦中一片混亂。她受邀拜訪大學時代的朋友美知的新居，第一次搭這條路線的電車，根本搞不清狀況。

響子逐漸覺得大驚小怪的自己有點丟臉，於是慢慢放下文庫本，吐氣靠向椅背。她轉過上半身，望向窗外。電車不知何時停下，月台柱子上的站名招牌映入眼簾。

響子清楚記得，意識到要在此轉車時，通知發車的音樂也在同一瞬間響起。

所以，全都要怪企鵝。

那一天，如果不是發生在電車內見到企鵝這種脫離日常的狀況，我也不會慌慌張張下車；如果下車時沒那麼匆忙，我就不會犯下把重要的包包留在電車座位上這種失誤，應該是這樣、絕對是這樣。

響子將一切責任歸咎在企鵝身上，又深深感到後悔。

「響子，冷靜一點。我馬上幫妳查查看。嗯……妳是在哪一站換車？」

聽筒傳來美知柔和的嗓音。響子報出當時寫在看板上的站名，腦袋急速恢復清醒。

註：日本的書籍規格之一，大小約為Ａ６規格，便於隨身攜帶閱讀。

響子與美知從大學時代就是朋友。哭泣、生氣、喝醉……情緒失控的一向是美知，響子總擔任冷靜的傾聽角色，她也爲此自豪。雖然是美知恰巧打電話來，不過她竟會哭著向美知說「我把東西忘在電車上，怎麼辦」，美知還安撫她「冷靜一點」。沒想到會有這麼一天，響子不禁感到羞恥。不行，得打起精神。

響子的視線掃過散落在1LDK（註）房內的絲襪和紙袋，連珠炮般應道：

「對耶，上網就能輕鬆查到，我自己來就好。」

「妳乖乖等著吧。」美知打斷響子，沉默片刻，輕快回一聲「查到了」，並將響子搭乘路線的「遺失物處理中心」這個感覺有些嚴肅的聯絡窗口電話告訴她。響子連忙抄在手邊的前一天報紙空白處。

「抱歉，傍晚這麼忙碌還麻煩妳，小栞的肚子應該餓了吧。」

「她今天似乎在幼稚園吃很多點心，不要緊。」

美知笑得落落大方。現在美知能發出這樣的笑聲了，響子一陣驚訝。學生時代的美知十分惹人憐愛，相對地，也給人一種靠不住的印象。大學畢業後，美知轉而就讀護理學校，取得護理師的資格。即使結婚生子，美知仍調整時間，持續著護理師的工作。看著朋友逐漸成長，顯現出與年齡相符的成熟與堅強，響子暗暗佩服。痛感於自身的毫無變化，響子無意識地嘆氣。話筒另一端，美知帶著同情輕聲詢問：

「這件事讓妳擔心到嘆氣嗎？看來那個包包很重要，是裝有錢包或信用卡？」

「呃，唔……嗯……就是類似的東西。」

「這樣啊，感覺真抱歉。妳來我家玩，回程卻碰上這樣的意外。如果是周末，就能要孩子的爸開車載妳回家。」

響子的胸口隱隱刺痛。她利用工作的排班性質，特意選在輪休的平日拜訪美知的新家，正是不想遇見那位「孩子的爸」。

「不好打擾立花學長陪伴家人的時光嘛。」

「哎，那個人雖然會陪伴女兒，對待妻子可是差強人意。」

響子彷彿看見美知鼓起腮幫子，一臉幸福。「又說這種話。」響子試著露出笑意，迅速打圓場。

「今天久違地跟美知聊天，我非常開心。況且，弄丟東西是我粗心，還麻煩打電話給我的美知，實在不好意思。」

「小事別放在心上，有機會我也想幫上響子的忙啊。」美知有點害羞地回答，背後傳來小女孩喊「媽媽」的聲音。

「啊，小栞在叫妳嗎？那我先掛電話嘍，謝謝妳幫我查服務窗口的電話，我趕緊打去

註：LDK分指起居（Living），用餐（Dining）和廚房（Kitchen）區域，而1LDK指的便是有起居、用餐、廚房區域的一房住所。

詢問。」

好，打起精神了。響子滿足地結束通話。

數到第十八聲時，響子才在想數到第二十聲就放棄，耳邊傳來「鏘」的聲響，有人拿起聽筒。

「抱歉讓您久等，這裡是大和北旅客鐵道波濱線遺失物處理中心，敝姓守保。」

是年輕男子的話聲。雖然不到低聲細語的程度，但聽起來是不含多餘力道的溫柔嗓音。流暢說完長得容易咬到舌頭的服務單位和姓名後，對方似乎在等候響子的回應。響子試著不夾帶先前等待的煩躁，報上名字並說明事情經過。過程中，名爲守保的男職員並未出聲附和，仍一直熱心傾聽。響子的煩躁逐漸平撫，甚至對話筒另一端的守保萌生依賴。

等響子全部說明完畢，守保才開口：

「笹生小姐大約是今日下午四點遺失物品，從東川浪線的深瀨站上車，爲了轉乘在油盥站下車。轉乘之際，於車廂中間附近的座位上，遺落一個黑色郵差包。請問上述內容有沒有錯誤？」

「沒錯。啊，郵差包原本是用來裝電腦，裡面還有內襯。」

「內襯？類似吸收衝擊的緩衝墊？」

「對，材質類似。」

「我明白了。」

傳來沙沙書寫聲，守保柔軟的嗓音再度響起。

「順帶一問，笹生小姐，請問郵差包的內容物是什麼？」

「呃……」響子一時不知如何答覆。儘管想以私人物品爲由拒答，又擔心吝嗇情報而找不到東西。

相信這個莫名令人感到親近的職員吧。響子下定決心，輕輕吸一口氣。

「骨灰罈。」

啊啊，我說出來了。響子不禁想抱頭。她十分在意對方的反應，耳朵緊貼著手機。不過，守保並未表現出吃驚的樣子，反倒習以爲常般平穩地詢問：

「尺寸多大呢？能夠放進郵差包，應該是四寸左右？」

「寸？我不太清楚一寸是多長。骨灰罈本身的高度約十五公分，只是，包著骨灰罈的銀色袋子可能有二十五公分吧。」

「原來如此。那麼，骨灰罈中放的是笹生小姐的……？」

「是我的貓。」

響子情不自禁地用力說出這句話，並在心中補上一句：牠的名字叫Fuku。

守保用難以捉摸的語氣說一聲「請稍等」，便離開話筒。

這段期間，響子挺直背脊，左右扭轉上半身。仔細一想，踏進家門後她一直沒坐下，只放下行李，脫掉絲襪拋在一旁。難得穿高跟鞋，足弓隱隱作痛。透過蕾絲窗簾看見的天空一片霞紅，變得漫長的夏季白晝終於準備西沉。啪噠一聲，汗水滴落下巴，響子才注意到忘了開空調。意識到這一點，響子身上的汗水泉湧。出門一整天關著窗，大概是熱氣都悶在屋裡，導致室溫居高不下。好熱，超級熱，眞想開空調，遙控器在哪裡？四處尋找時，守保回到電話旁，於是響子暫停梭巡。

「感謝您耐心等候，笹生小姐遺失的黑色郵差包在江高站被人拾獲。」

響子握拳暗喊一聲「好」，但在聽到守保疑惑的一句「可是……」後，又重新拿穩手機。

「郵差包的失主已來領走。」

響子的喉嚨擠出一聲「怎麼會」，守保安撫般接著說明。

所有乘客在東川浪線終點的江高站下車後，檢查車廂的車掌發現一個黑色郵差包孤伶伶地遺留在長條座椅上，並確認裡面是裹著白色陶瓷骨灰罈的銀色套袋。車掌依公司的失物處理程序，準備將拾獲的東西送至守保所在的遺失物處理中心時，一名男子慌忙來到站長室，表示「剛剛把東西忘在電車上」。

男子分毫不差地描述出車掌拾得的遺失物特徵——黑色郵差包中，裝著包在銀色套袋裡的白色陶製骨灰罈。拿出駕照證明身分後，他辦妥各種必須手續，帶走郵差包。

「領取遺失物時，規定必須留下姓名、住址及電話號碼，所以能夠清楚掌握那位先生的住處。我們會馬上聯絡對方，請安心。」

響子聽著守保的話聲，覺得腳底的地面一陣搖晃。得知有人拿走她的包包，血液彷彿瞬間從頭部消退，此刻大概是接近貧血的狀態，眼前甚至發黑。

身體不適的響子無法做出回應，守保耐心地在耳畔反覆強調：

「笹生小姐，請放心，我會立刻聯絡那位先生。如果有什麼消息……不，就算沒消息也會和您聯絡，因此能麻煩您告訴我電話號碼嗎？為防萬一，這邊也會留下電話號碼。我大多不在辦公室，不曉得您介意我留下手機號碼嗎？」

在那之後，響子絲毫沒有印象自己是怎麼回覆守保。

啊，感覺好難受，這下不太妙。當響子這麼想著，打算蹲下時已太遲。她全身虛軟無力，癱坐在木地板上。

響子走在昏暗的隧道。隧道裡沒有風，溫度不冷不熱。由於沒傳來任何腳步聲，響子低頭一看，發現雙腿掩沒在黑暗中，連有沒有穿鞋都不確定，感官似乎逐漸變得遲鈍。混凝土隧道中，大約每隔五公尺就點著一盞路燈，但照明仍嫌不足，連自己的指尖都看不清的模糊視野不斷延伸。

不久後，響子注意到路燈下蹲伏著什麼東西。響子有一種確切的預感，不禁加快腳步。彷彿涉水一般，前進的速度十分緩慢，依舊沒發出任何腳步聲。隨著響子的雙腳划近，一如預想，Fuku趴在橘色燈光照射的地面。

白色毛皮加上黑色斑點，圓呼呼的臉搭配圓溜溜的眼睛，連心也是圓的，這麼一隻什麼都是圓的貓咪，將身體攤平在地，看起來簡直就像「豆大福」（mamedaifuku）（註）。剛出生的Fuku在藍色星形花朵下發出咪咪叫聲，連大小都和眞正的豆大福沒兩樣，名符其實「可愛到令人想一口吞下」。

所以，雖然沒什麼人——應該說沒人知道，Fuku的正式名字應該是「豆大福」。這個叫起來太長的名字，隨即遭命名的響子略稱爲「Fuku」，而且喊了一輩子……一輩子？

「Fuku……」

響子小心翼翼喚一聲，趴在地上的Fuku右耳抖一下。看到這一幕，響子暗暗鬆一口氣：啊，Fuku沒死。

同時腦中想到「這是在我的夢裡」。

Fuku過世後，響子幾乎每天都會夢到牠。大多數的情景是響子走在暗處，最後在地上發現睡姿宛如豆大福的Fuku。只要呼喊名字，見Fuku的耳朵或鬍鬚一抖，響子便會心頭一喜：「啊，Fuku沒死。」Fuku怎麼可能死掉？一定是搞錯，接下來就能重拾和Fuku相處的時光。

不過，Fuku總是不肯睜開眼睛。時間一分一秒流逝，牠對呼喚聲的反應愈來愈遲鈍。響子一再呼喚牠、撫摸牠的身體、抱緊牠後，才終於察覺。

她再次體驗和Fuku離別的那一刻。

隨著柔軟的軀體變得僵硬，溫暖的體溫逐漸冰冷，活著的生命成爲死寂，響子便從夢中醒來。那一瞬間，響子會爲「逃離痛苦的夢境」鬆一口氣，但Fuku離去的事實馬上化爲鈍痛，橫亙在胸口，充滿後悔的腦袋無比沉重。這樣的情形一再重複，持續接近一年。

然而，今天的Fuku——應該說Fuku的夢，和以往有些不同。

到Fuku反應逐漸遲緩的部分爲止，都一如往常，但下一瞬間，隧道中照進強烈光線，同時傳來轟然巨響。響子恢復功能的五官感受到劇烈變化，彷彿灰色世界突然擁有色彩。她反射性地抱起Fuku，緊靠隧道的牆壁。沒多久，僅由三節車廂構成的橘色電車出現在眼前，電車轟隆隆地經過響子和Fuku身旁。

這是怎樣的劇情展開？髮絲隨風貼緊臉頰，響子目瞪口呆地望著電車遠離。透過車窗瞥見無人車廂中的一抹身影，她忍不住大叫。

「企鵝！」

雖然是短短一瞬間，但響子確實看見企鵝挺著胸，朝她昂起橘色嘴喙。

註：類似麻糬，以糯米製成外皮的日本點心。除了紅豆內餡外，白色外皮上還點綴著大豆。

隔天，響子穿著透氣的棉質洋裝，配上亞麻絲巾和白色便鞋，再次搭上電車。對在租車公司的服務據點上班，不論公事或私事幾乎都使用車子的響子來說，算是頻率頗高。她在昨天的同一站換車，只不過今天不是轉搭通往美知居住城鎮的路線。響子一邊喝為防止中暑而準備的瓶裝水，一邊沿著階梯上上下下，走到最邊緣的月台，搭上名為油盥線、由三節車廂組成的橘色電車。雖然為和夢境裡如出一轍的電車感到吃驚，但想來只是昨天換車時看到的電車出現在夢中而已。

昨天響子中暑倒下，讓她回復意識的是守保打來的電話。為了盡早通知響子，另一個黑色郵差包已送至遺失物處理中心，守保從晚上八點到十點，以十五分鐘為間隔，充滿耐性地打了二十通電話。事後得知，響子覺得非常不好意思。此外，假使沒有守保的電話，一直昏迷到早上……想到這一點，響子深深感受到獨自生活的不安。

關於另一個黑色郵差包，經守保確認，裝的也是包在銀色套袋裡的白色陶瓷骨灰罈。

「這麼看來，很明顯是兩位乘客偶然在同一天的同一時間帶，於同一線路上遺失同款同色的郵差包，裡頭以同樣式的套袋裝著同樣式的骨灰罈。聯絡另一位先生後，對方也表示帶回去的不是他的東西。不過，由於我們無法分辨出哪邊的骨灰罈是屬於哪一位，不好意思，可能要麻煩抽空到遺失物處理中心一趟。」

面對守保突如其來的請求，另一位先生似乎毫不介意，馬上答應隔天會帶著手上的郵差包和骨灰罈，前往遺失物處理中心。正因是這樣的遺失物，對方大概希望能盡早讓正確的骨灰罈回到自己手上。響子也有同感，於是硬向公司請了特休。

早上的通勤尖峰時段剛過，車廂內空蕩蕩，比起響子離開美知家時搭乘的上行電車，簡直有過之而無不及。一節車廂的乘客約莫只有兩組。

遇上這難得的情況，響子決定移動到第一節車廂，獨占一排長條座椅。轉身望向窗外，只見大海在夏日陽光下閃閃發亮，臨海的大型工廠一早就吞吐著白煙，還有巨大的石油槽。鋪設整齊的寬闊私有道路上，形形色色的大貨車往來奔馳。

這條名為油盥線的電車路線，是從主線分出的支線。由於沿線沒有任何住宅區，鄰近海域都禁止游泳和戲水，據守保所說，搭這條路線的乘客只有工廠的職員，及有事前往遺失物處理中心的人。不過，實際上似乎不乏一些工廠迷，響子心想。同一節車廂的後方，響子的眼角餘光瞥見中年男子雙人組，他們脖子和雙肩上一共掛著三台沉甸甸的相機，像孩童般興奮地拍著照片。即使不到工廠迷的程度，喜歡所謂的工廠照片的人不在少數，響子還在書店看過攝影集。

如果不是這種情況，一定更能享受車窗外的風景。響子遺憾地想著，背部重重靠上座墊，舉起寶特瓶喝一大口水。

在終點的海狹間站下車的乘客，只有響子一人。海狹間站是一個無人的小車站。以車站為首，附近都是「藤崎電機」的企業用地，據說以前唯有公司員工才能通過剪票口。即使是現在，一出剪票口，眼前就是工廠大門，門旁還站著警衛。不過，工作人員以外，一般民眾也可行經門前小路，走到臨海公園。

響子回想著昨天在網路上查詢的海狹間站資訊，通過剪票口，來到類似等候室的空間。牆壁和地板都鋪著木板，與其說車站，更給人一種山中小屋的印象。從等候室的出口望去，看得見工廠大門。

「嗯……遺失物處理中心會在哪裡？該不會在工廠裡吧？」

在沒半個人影的等候室，響子自言自語，四處打轉端詳。她在網路上並未查到這個車站設有遺失物處理中心，想找人詢問，不巧站務員不在。要問問看工廠的警衛嗎？還是，撥打昨天守保給的手機號碼？不，總之先出去瞧瞧。剛要邁向朝等候室，有什麼隔著洋裝戳了一下大腿後方，響子猝不及防，發出「咿」的怪聲。

連忙回頭，身後一個人也沒有，但總覺得確實有什麼東西在背後。響子緩緩垂下目光，對上一雙注視著她的黑亮眼眸，不禁再次發出「咿」的驚呼。

戳了響子的犯人一臉毫不愧疚，挺著純白胸口——換個說法，就是挺起純白肚子，站在原地。宛如髮帶、從頭部連到眼睛旁的白色條紋及橘色嘴喙，吸引響子的視線。白色肚子和黑色背部，黑白分明的雙色羽毛密密覆滿全身，肚子呈現令人忍不住想撫摸的曲線。

「你是昨天的企鵝？」

響子忍不住開口。企鵝飄然舉起被稱為「鰭肢」，猶如翅膀的前肢，歪頭仰望響子。

多肉的大腳蹼保持平衡，緩緩交互挪動，偏長的尾巴翹起。好、好可愛，怎麼辦？這未免太可愛了！雖然散發一股海洋生物的腥味，但夢幻可愛程度，讓種種現實都爲之褪色。響子腦袋一陣混亂，頓時遺忘造訪的目的。

「您該不會就是笹生小姐？」

哇，企鵝說話了！響子不禁瞪大眼，不過隨即傳來慌張的一句「不好意思，是這邊」。響子瞪大眼尋找聲音的主人。剪票口旁的牆壁像拉門一樣，往一側滑開，出現一名染著令人印象深刻的深紅頭髮的青年。

「您好，我是大和北旅客鐵道波濱線遺失物處理中心的守保。」

具有透明感的嗓音流暢地自我介紹後，響子終於想起本來的目的，報上姓名「您好，我是笹生」，重新轉向守保。

原來是這樣的人啊，響子在心中低語。電話中的聲音很年輕，本人看起來更年輕。一部分大概是紅髮造成的印象，守保的外表像在玩樂團的大學生。儘管他整齊地穿著鐵道公司的制服，身上是苔綠褲子配上開領白襯衫，卻不知怎地，隱約有種尚未踏入社會的青澀感。他的嘴角柔軟彎起，微翹的唇比一些刻意的女孩更可愛，偏長劉海遮住的黑亮大眼甚至與企鵝有點相似。

「請進，岩見先生先到了。」

另外一名失主似乎姓岩見。守保的語氣和電話中一樣客氣有禮，不過大概是面對面交談，外表和語氣形成反差，感覺更客氣。

站在入口的守保一側身，企鵝搶先走進去。宛如動畫效果音的啪噠啪噠腳步聲，可愛得不得了。

不知是不是注意到響子欲言又止的眼神，守保露齒微笑。

「不要緊，牠是這裡的一分子。」

「這裡的一分子？牠也是職員嗎？」

面對響子認眞的提問，守保回一句「不是的」，疑惑地眨眨眼，搔了搔紅髮。

「企鵝是不會工作的。」

「說的也是。」

響子低下頭。由於實在太丟臉，沒來得及問到底爲什麼車站會有企鵝。她低著頭邁出腳步。

和牆壁融爲一體的拉門雖然少見，裡面倒是普通的狹小辦公室。

辦公室內，設置著幾乎橫切整個空間的櫃檯，櫃檯後方並列兩張擺放電腦的桌子。桌子後方的牆壁上，嵌有銀色的門。不論顏色、材質，或門把的形狀，都像是一座巨大冰庫的門。剩下的空間，則被大小高低不一的儲物櫃塡得滴水不漏，給人一種狹窄密閉的感覺。可惜的是，辦公室內沒有窗戶，畢竟車站離海很近。

響子無意識地仰頭喝一口寶特瓶中的水，守保過意不去地詢問「會太熱嗎？」並按下遙控器。伴隨「嗶」的電子音，裝設在銀色大門上的冷氣機發出低沉的運轉聲。守保似乎爲響子調低設定的溫度。其實，響子覺得十分涼爽，不過想到是守保的一番好意，決定順其自然。櫃檯裡外各有一台電風扇，都全力運轉著，讓冷氣機吹出的涼風能在整間辦公室內循環。天花板垂下的綠色牌子上寫著「失物招領課」，忙碌地前後搖晃。

「失物招領課……」響子隨口念出，繞到櫃檯後方。摸索著鑰匙串的守保聞言回過頭。

「『遺失物處理中心』聽起來有點距離，像繞口令一樣饒舌，不覺得這樣比較平易近人嗎？」

「呃……」

「希望將來能定爲正式名稱。」

守保認眞訴說著其實滿無所謂的夢想，這個地方的工作似乎挺悠哉。這麼一提，雖然有兩張辦公桌，卻只看到守保一個職員。大概是僅需一人就能處理完業務吧，響子擅自下結論。

理應走進這個狹小辦公室的企鵝，此刻卻不見身影。響子滿心不可思議，不過轉念決定趁企鵝不在，把該辦的事處理完。

「請問……岩見先生呢？」

「他去公園抽根菸，馬上就會回來。」

如果是搭響子的前一班電車，代表他已在這個小小的車站待超過三十分鐘，會想抽根菸放鬆也是理所當然。響子感到有些歉疚。

守保終於找到正確的鑰匙，打開後方置物櫃的其中一扇門，取出黑色郵差包，輕輕放在櫃檯上。

「這是之後送來的郵差包。」

響子拚命壓抑馬上打開包包確認內容物的心情。近距離觀察，既像她的包包，又有不像的部分，無法確定。考慮到這可能是別人的包包，她不禁卻步縮手。

早知會發生這種狀況，當初應該在包包上加個掛飾或鑰匙圈，響子後悔地嘆氣。此時，後方牆壁模樣的拉門，響起謹慎的敲門聲。

「門沒鎖，往旁邊拉開就好。」

守保柔和的話聲剛落，就揚起一道低沉宏亮的「打擾了」。

拉開拉門走進來的男人立刻奪走響子的目光。男人結實的頸項上，頂著一張五官分明的面孔，肌膚晒成健康的膚色，隔著黑色POLO衫也能看出起伏的健美肌肉。他的上臂肌肉鼓起，肩上輕鬆寫意地揹著一個大波士頓包，身形高眺。

跟立花學長好像，這是響子最大的感想。立花是響子大學時代的登山社學長，也是美知的丈夫。眼前的男人給她的印象，和立花幾乎一模一樣。

「眞頭疼啊。」

「嗯？」男人偏了偏頭，響子一陣慌亂。剛才她似乎無意識地把腦中的想法說出口。

糟糕、糟糕，響子渾身一顫。男人見狀「哦」一聲，理解般點點頭。

「這裡確實冷到讓人頭疼哪。」

「不好意思，這是考量到企鵝設定的溫度。」

守保的嘴巴如波浪，軟軟地彎起弧線。看來，他剛才調整溫度，並不是為了響子，而是顧慮到企鵝。

不知為何，室內的溫度在真相大白後，由頗有涼意變成冷得教人打顫。響子一邊發抖，一邊抬頭望向那名姓岩見，酷似立花的男人。

「欸……這位是岩見先生，然後這位是笹生小姐。」

守保介紹兩人的話聲猶如在水中，聽起來十分遙遠。「妳好。」岩見親切地點頭打招呼。連這一點都很像立花，響子不由得冒出這個想法。立花雖然是學長，但從不擺架子，即使是面對缺乏女性魅力的不起眼後輩，也一視同仁地給予關愛。響子不自然地回禮，眼神飄移。妳是內向的國中生嗎？響子暗暗吐槽自己，卻毫無餘裕為這句吐槽發笑。

守保適時解救了響子的窘境。

「先向兩位道歉。這次敝公司的失物確認作業有所疏失，實在非常抱歉。」

守保說完，朝櫃檯前的響子和岩見低下頭。染得相當漂亮的紅髮，清爽地搖動。守保只是在做自己的工作，卻給了響子重整思緒的時間，她不禁鬆一口氣，心中暗自感謝守保。

「那件事就算了，畢竟一般來說，根本不可能發生這種偶然：同一天出現兩個外型一樣的包包，還裝著相同的骨灰罈。我也壓根沒想到，領回的骨灰罈可能裝著不同的內容物。」

響子身旁揚起爽朗的話聲。抬頭一看，岩見挑動英挺的眉毛侃侃而談。注意到響子的視線，岩見說一聲「對了」，將大波士頓包擱在櫃檯上，拿出眼熟的黑色郵差包。

並排在櫃檯上的兩個黑色郵差包是同一品牌，連使用程度都差不多，簡直像鏡中倒影。

「這樣一看……眞的是……」響子低語，一旁的守保接下去：「分不出差異呢。」

「啊，但我帶走的是妳的郵差包。」

岩見不以爲意地說，響子抬起頭，同時守保詢問出聲。

「您是怎麼看出來的呢？」

「呃，經過我確認後，發現不是我的東西。」

「確認骨灰罈裡面嗎？」

「嗯，我想還是確認一下比較好。」

響子忍不住低喃「好厲害」。岩見疑惑地「咦」一聲，她只好支支吾吾地解釋。

「岩見先生光看骨頭，就知道不是自家寵物吧？眞的好厲害。」

「啊，狗和貓的骨頭形狀有所不同，是類似這樣的原因？」

守保以參加猜謎節目般輕鬆的語調詢問，響子歪了歪頭。

「岩見先生的寵物是狗嗎？」

岩見搔搔俐索的短髮，遲疑片刻，聳了聳肩。

「不，我家的寵物也是貓，不過我就是看得出來。」

「居然分辨得出來。」

守保忍不住讚嘆。岩見轉向響子，低頭致歉。

「不好意思，擅自看了妳的骨灰罈。」

「您以爲是自己的包包，那也是沒辦法的事。畢竟這次的狀況根本是不可思議的偶然。」

響子無意識地強調「不可思議的偶然」。不可思議的偶然似乎也能說是命運，想到這裡，響子的耳朵一熱。

「那我就物歸原主了。」岩見打算將帶來的郵差包推到響子面前，守保卻舉起大得和身材不搭的手制止。

「請等一下。」

守保從參差的偏長劉海縫隙間，抬眼望向響子和岩見，微揚的嘴角柔軟地彎起。他的語調仍客氣有禮，但十分堅持。

「這次想請兩位都好好確認過，再領取各自的所有物。」

「確認……該不會是……？」

「是的，能不能麻煩笹生小姐和岩見先生一樣，也對骨灰罈的內容進行確認？畢竟兩份失物只有這一點不同。」

響子咬住嘴唇，輪流看著兩個一模一樣的郵差包。此刻，在她胸口洶湧翻騰的情感，一言以蔽之，就是「恐懼」。

儘管Fuku過世將近一年，響子每天仍在夢中重複經歷與Fuku永別的情景，但她心中某處，依然無法接受Fuku離去的事實。若非如此，她也不會隨身帶著骨灰罈。骨灰罈的重量本身，代表著Fuku的存在。骨灰罈內就是Fuku的遺骨——牠死後的模樣，這項事實響子一直避免深思。

響子搖搖頭，含糊地回答：

「我辦不到。」

「請您勉為其難……」守保沒放棄，再次提出請求。

「就說辦不到了！我和岩見先生不一樣，打開骨灰罈也未必認得出Fuku的遺骨。」

看到響子肩膀顫抖，情緒激動的樣子，岩見詫異地睜大雙眼皮分明的瞳眸，站到響子這一邊。

「站務員先生，勉強人家打開兩個骨灰罈確認不太好吧？笹生小姐似乎有點不忍心。」

「不忍心？」守保露出由衷驚訝的表情，歪了歪頭，紅髮隨著晃動。

「岩見先生和笹生小姐都想盡早將寵物的遺骨，供奉到墳墓之類的地方好好祭奠吧？那麼，我認爲帶著錯誤的遺骨回家，才教人不忍心。」

什麼意思啊，那句「墳墓之類的地方」？雖然有些火大，響子仍默不作聲。她根本沒打算將Fuku的遺骨埋進墳墓，那不就等於承認Fuku「死了」、「不在世上」嗎？我要一直和Fuku在一起，非在一起不可。

這個人有一樣的想法嗎？響子望向岩見。雖然不曉得他是怎麼失去愛貓，不過他對包包、骨灰罈套袋和骨灰罈的選擇，無一不和自己相同。如果是這個人，總覺得就算抱持和自己同樣的心情也不奇怪。

彷彿是接收到響子的想法，岩見迎上響子的視線，幾不可察地點了點頭，再次轉向守保。

「方便讓我們獨處嗎？」

「咦？」

岩見無視做出誇張吃驚模樣的守保，繼續說下去：

「我們遺失的不是單純的物品，打開骨灰罈確認，對我們是一項精神上很難受的舉動。所以，能不能讓身爲當事人的我們單獨確認？如果擔心，我們可以先寫下切結書，保證事後不會向鐵路公司提出任何申訴。笹生小姐，妳覺得怎麼樣？」

岩見高挺的鼻梁和強而有力的目光突然轉向響子，響子啞聲回應「好」，又確保般連點三次頭。

守保認真地輪流注視兩人，終於放棄堅持，將原本放在置物櫃裡的郵差包遞給響子。

「請便。我會待在這裡，兩位確認完畢請回來，各自簽收後，就算完成手續。」

岩見向守保微微點頭致意，將手上的郵差包再次塞進波士頓包，拉開失物招領課的門。響子提起守保遞來的包包，跟隨岩見的寬闊背影步出門口，耳中不停迴響著岩見以低沉聲音，坦蕩地向守保提出的要求：「方便讓我們獨處嗎？」

顧慮到待在等候室，守保可能會聽見兩人的談話，於是兩人走上月台。不知何時，太陽升到頭頂附近的上空，能夠遮蔽的陰影變少了。

「真熱啊……」

響子呻吟一聲，仰頭喝一口寶特瓶中的水。她不想在岩見面前中暑倒下。

「真的，我們去公園吧？那邊應該有樹蔭之類的可遮陽。」

岩見剛要轉身帶路，一道搖搖晃晃、費勁爬上階梯的身影，出現在他們眼前。

「企鵝耶。」

兩人異口同聲道。確認岩見看得到這隻黑白雙色的動物，響子鬆一口氣，眼前的企鵝並非幻影。

「牠好像是這裡養的。」

「養在車站？真的嗎？」

「嗯，我抵達時，牠正在逛辦公室。站務員還拿竹筴魚還是什麼小魚餵牠。」

光是想像岩見描述的情景，響子便忍不住露出笑意。她頂著傻瓜般的表情望著企鵝，岩見不禁清了清喉嚨。

「我們要確認骨灰罈——」

「啊，對……」

響子被拉回現實，重新面向岩見。一想到接下來就得打開骨灰罈看Fuku的遺骨，恐怖與緊張感襲來，響子肩膀十分僵硬。她像在游泳前一樣轉動肩膀，岩見卻吐出意外的話語。

「怎麼辦？我們真的要確認嗎？」

「咦？」

「畢竟我們剛失去飼養的貓，現在都仍忙著調適心情。一看到遺骨，那份天人永隔的痛楚恐怕會再次湧上心頭。」

「啊……我不是『剛失去』飼養的貓。」

響子的話聲變小。「咦？」岩見大眼圓睜，響子用小到幾乎聽不見的音量解釋。

「我隨身帶著骨灰罈差不多一年了。」

「這樣啊……」

岩見端正的眉宇間染上一抹憂愁，深深點頭。

「我懂，是不願愛貓離自己遠去吧。愈是疼愛，心情上愈難以分離。」

「不，嗯……我是不想承認Fuku過世……」

響子難爲情地搔搔頭，岩見視線逡巡片刻，彷彿在尋找話語，最後揚起英挺的眉毛下結論。

「擁有如此強烈牽絆的貓，妳更不想看到牠的遺骨吧？那樣不會太難受嗎？」

「強烈的……牽絆……」

響子不知該說什麼。此時，頭上響起改編成音樂盒風格的〈SWEET MEMORIES〉，似乎是通知電車到站的音樂。不久，電車伴隨著強風，發出一陣尖銳的停車聲進站。

爲了尋找能夠談話的安靜地方，岩見打算走下階梯，不過響子擔心站在月台白線邊緣的企鵝，遲遲不敢離去。強風迎面一撲，企鵝稍稍後退，卻輕飄飄地抬起前肢，出色地維持平衡。響子頭一次覺得，那對前肢像翅膀一樣，不由得鼓起掌。

電車的門滑開，沒半個人下車。通知電車即將折返的廣播聲自動響起時，企鵝雙腳併攏，靈巧地跳上電車。

「哇，牠上車了。牠要去哪裡？這樣不要緊嗎？」

響子忍不住揚聲詢問。昨天企鵝也是搭上電車，正在前往某處的路上嗎？昨天響子以外的乘客都沒什麼反應，說不定企鵝出門遛達並不稀奇。

響子突然想起昨天的夢。她低頭望向沒揹在肩上、依舊抱在懷裡的黑色郵差包，出聲提議：

「我們也搭上電車吧？」

「咦，為什麼？現在？這班電車嗎？」

岩見會心生疑慮也是理所當然，這樣等於是不向守保打聲招呼就擅自離開車站，響子清楚感受到他的為難，不過趁著發車音樂——又是〈SWEET MEMORIES〉，流瀉而出的瞬間，響子學企鵝雙腳併攏，跳上電車。於是，儘管說著「不太好吧」，岩見仍跟著跳上車。

兩人跳上電車的同時，車門關閉。

響子朝企鵝所在的車廂走去，背後傳來岩見不知所措的話聲：

「笹生小姐，為何突然決定這麼做？」

響子在三節電車的中間車廂找到企鵝，隔一段距離停下腳步，才轉向岩見，深深低下頭。

「真的非常抱歉，只是……我希望有個契機。」

「打開骨灰罈的契機？還是，不打開骨灰罈確認的契機？」

岩見眉頭深鎖，看著響子懷中的郵差包詢問，響子卻答不出。當下，只是內心湧起一股衝動，不想留在炎熱的月台上。然而，這股衝動的來源，她毫無頭緒。實際上，她連自己的心情都不清楚。或許，這也表示她不明白自己對Fuku的心情。

響子坐在與岩見相鄰的座位上，無言地隨電車搖晃一陣後，鼓起勇氣開口：

「岩見先生的貓叫什麼名字呢？」

「呃……牠叫……小咪。」

「小咪？那麼，是女生？」

「是的。」

「這樣啊……現在還會很難過嗎？」

響子一邊問，一邊偷覷岩見的神情。岩見瞬間愣住，視線在空中飄移，隨後閉上眼。長長的睫毛在他的臉頰落下陰影。

「嗯，還是不好受。生活中少了小咪，我老是恍神，眞是傷腦筋。沒想到，居然連這個都會弄丟。」

岩見無力地苦笑，流露對貓的深厚感情。響子見狀，悄悄放鬆肩膀。

經過工業地帶，油盥線直接和本線的波濱線合流，從美知家座落的新市鎭方向來的乘客，紛紛搭上響子他們乘坐的電車。和昨天一樣站在門邊的企鵝身影，旋即隱沒在增加的乘客中。自然成爲焦點的企鵝缺席，爲了尋找話題，響子不斷轉向窗外。岩見忍不住問：

「妳喜歡電車嗎？」

「與其說喜歡，其實是感到稀奇。平常我都開車。」

響子解釋她任職於租車公司。

「我開車上下班，工作內容也都是將出租的車子開到其他營業所之類，幾乎沒什麼機會搭電車。」

岩見「哦」一聲，臉上漾出帶著親近感的微笑。

「不論公私我都是開車派，偏偏昨天由於公事上的需求，不得不搭電車……」

「啊，我也一樣！上週末我的車子故障，不巧送修。如果能開車，我就不用搭電車，更不會落下東西。」

聽著響子的話，岩見和響子自己都忍不住嘆氣。

「總覺得我們挺像的。」

岩見喃喃冒出一句，語氣親近許多。

「嗯，」響子連連點頭，一字一句地強調：「眞是難得的偶然。」

「或許是Fuku和小咪讓我們相遇的」這句話，雖然對岩見說不出口，響子卻一直默默想著此一可能性。這次或許就是響子從十三年前憧憬至今的「命運的邂逅」。

響子無意識地握緊郵差包肩帶，岩見開口：

「怎麼樣？笹生小姐，妳願意相信我嗎？」

「什麼？」

響子宛如處在夢中，望向身旁的人。只見岩見打開腳邊的波士頓包拉鍊，露出裡面的郵差包。

「這是妳的貓的遺骨，我親眼確認過。要是不忍心打開骨灰罈，妳願意相信我，直接和我交換包包嗎？」

響子低頭看著膝上的郵差包，耳朵一陣發熱。一瞬間，她認眞以爲是類似「妳願意相信我，跟著我一輩子嗎」的求婚，不禁厭惡起自己跳躍的妄想力。

響子掩飾般端正姿勢，撫著郵差包。

「想帶Fuku回家，只要跟岩見先生交換包包就好嗎？我知道了。」

「謝謝！趁還沒忘記，先交換包包吧。」

岩見高興地從波士頓包中取出郵差包時，響子不經意往前望去。抓著吊環的乘客之間，對面車窗外的風景映入響子眼中。一座矗立在山丘上的小摩天輪出現，響子忽然大喊「就是這裡」，從座位站起。

一個女人突兀地發出怪聲，車廂內的乘客一陣騷動。吃驚之餘，岩見險些鬆手，連忙抱緊郵差包。

「笹生小姐，怎麼了嗎？『這裡』是指什麼？」

響子察覺電車減速，準備停靠，於是揹起郵差包轉向車門，朝岩見低頭致歉。

「抱歉，我要在這一站下車。」

「咦，這一站是指『華見岡』站？爲什麼？不交換包包嗎？」

一片混亂中，岩見還是兩手分別提起波士頓包和郵差包，跟上響子。指著車門外也看得見的摩天輪，響子匆匆解釋：

「十三年前，我在那座摩天輪底下遇見Fuku。當時我是坐車去的，今天才曉得華見岡站是距離最近的電車站。」

岩見「哦」一聲後就不發一語，大概是不知如何反應。響子拚命壓抑急促的呼吸，望向岩見濃黑的眉毛。

「沒想到，這樣的日子竟會再度發生偶然……彷彿是『命運』。」

我說了，終於說出「命運」兩個字。響子難爲情地低下頭。

岩見生硬地低喃「命運」，宛如耐心十足的牙醫般詢問：「所以，笹生小姐是認爲機會難得，想重溫和Fuku的回憶嗎？」

響子垂著目光，再次低頭說「對不起」。岩見放棄似地點點頭。

「我明白了，我也奉陪吧。不過，那名紅髮的站務員應該很擔心我們。去過摩天輪，就要返回海狹間站，然後在站務員面前交換包包回家，說好嘍。」

岩見揚起一邊英挺的眉毛。看到岩見願意一起前往命運的場所，響子一陣雀躍，還沒理解約定的內容，又忙不迭連點三次頭。

兩人在華見岡站前租車，由於恰巧是響子的公司，還拿到員工優惠價。按車站前的指示牌，徒步三十分鐘便能抵達自然公園，不過響子依稀記得需要爬上細長的坡道。正值中午，他們還是希望避免在炎熱的天氣下移動。

途中，兩人先到便利商店，買了不少飯糰和三明治。眞的與那天一模一樣，響子頗爲感慨。只是，當時是傍晚，副駕駛座上坐的是美知，而響子是二十歲的大學生，對身邊的事一無所知——不論是命運，或失戀。

街景逐漸產生變化，一如響子的記憶，導航系統指示開上一條細長坡道。響子朝著聳立在視野上方一角的小摩天輪，熟練地操控方向盤。岩見饒富興味地注視著她，稱讚「妳眞的很會開車」。

「謝謝，不過我純粹是開習慣了。」

「不，這是喜歡車子的人的駕駛方式，不論發車或煞車都相當流暢。」

「雖然提到煞車，但從剛才就在綠波帶（Green belt）上，幾乎一路都沒減速喔。」

「綠波帶？」

「一路都是綠燈，不就是這麼稱呼嗎？我大學的學長常常使用這個詞。」

響子口中的「學長」就是立花。岩見聳聳肩，看來這不是一般用語。

「總之，剛剛沿途都是綠燈，你會覺得車子開得順暢，想必是這個緣故。」

響子輕踩油門。聽說，順應命運行動，一切都會一帆風順。當初立花和美知，也是轉眼發展到結婚生子。雖然實際交往的年數並不短，但感覺只有一瞬間。那一定是兩人交往至今，直到未來都將走在綠波帶上吧，畢竟他們是從命中注定的相遇，進而展開交往的情侶。

年過三十，居然還在等待命中注定的邂逅，響子自嘲地嘆氣。沒什麼男人緣的原因不少，但她明白這才是主因。

命運症候群。

對「命運的邂逅」、「命中注定的戀人」之類的事，響子缺乏抵抗力，儘管想嗤之以鼻、不以爲然，卻無法做到。畢竟身邊有一對令人羨慕的佳偶，嚮往也是理所當然，她如此安慰自己。

通過幾個綠燈，響子偷覷副駕駛座的岩見，發現眼神快對上，視線便移向後視鏡。後視鏡映出並排在後座的兩個郵差包。響子覺得一年來寸步不離地帶著骨灰罈，都是爲了這一天的相遇。

車內瀰漫著不太自然的氣氛，岩見率先打破沉默。他在副駕駛座稍稍伸展身體，出聲詢問：

「笹生小姐是大學畢業嗎？」

「咦？啊，是的。岩見先生呢？」

響子留意著車道上的自行車，一邊回答。岩見輕輕一笑：

「我是國中畢業。」

「這樣啊。」

「嗯，我家窮到不可思議的程度。『沒辦法讓你升學』、『付不出營養午餐錢』、『遭停水停電』、『父債子還』、『肚子餓到啃橡皮擦』……這種讓人笑不出來的貧窮故事要多少有多少。」

岩見戲謔般的口吻，聽不出哪些是開玩笑。響子握著方向盤，曖昧地回以微笑。岩見搔搔眉毛，露出端正的笑容。

「但不知為何，我老是被當成好人家的少爺。」

「我猜……可能是五官或氣質……的緣故？」

「大概吧。旁人總擅自認定我是靠父母的錢上大學，過遊手好閒的日子。」

「像是參加帆船社，夏天會去輕井澤的別墅打網球之類的？」

「對對對。」

岩見拍手大笑，又忍不住嘆氣。

「唉唉，眞傷腦筋。」

聽到岩見這句話，響子頓時打直背脊，踩下煞車。岩見一身黑色POLO衫搭配卡其休閒褲，及給人的印象，在在讓響子將他和立花重疊在一起，於是她擅自認為岩見是大公司的職員。

「那身膚色也不是打網球或高爾夫晒出來的嘍？」

「同時兼差運貨和道路工程，誰都能晒出這身膚色。」

那一副健美的肌肉，想必是透過崇高的肉體勞動才鍛鍊出來吧。對方似乎生活在和她的想像相反的地方，她瞥向岩見，爲有些遺憾的自己感到慚愧。

開到曲折蜿蜒的坡道盡頭，自然公園的戶外停車場出現在眼前。不見管理員的身影，響子從自動出票機領取停車票卡後，黃色柵欄緩緩升起。十三年前，是一名看起來人很好的大叔管理停車場，變化眞大。

不過，停車進入自然公園後，展現在眼前的景色一如當年。約莫同是夏天，連盛開的花朵及蓊鬱的綠意都和記憶中的風景一模一樣。

「哇，好懷念。」

響子揹起黑色郵差包，亞麻絲巾和棉質洋裝隨風飄動。她一步步爬上花田丘陵，身後傳來的岩見的喘息聲。

來到矗立於丘陵頂端的摩天輪前，響子輕輕放下郵差包。熾烈的陽光炫目，微風根本無法消除滿身大汗，但還是教人爲之一快。色彩繽紛的花田另一邊，看得到住宅區、剛才響子和岩見搭乘的波濱線鐵道，及更遙遠的銀色大海與呑吐白煙的工業區。

那一天抵達時將近傍晚，加上人潮擁擠，響子十分浮躁不安，所以她第一次如此悠哉地俯瞰這一帶的街景。

爬上丘陵後，岩見按著膝蓋，肩膀隨著呼吸上下起伏一陣，終於調勻呼吸走到響子身旁仰望摩天輪。

「原來不是給人搭乘的摩天輪啊。」

「嗯，有點意外吧。」

岩見的感想和十三年前的響子一模一樣，響子朝他一笑，也抬頭望向摩天輪。從遠處看不大，拉近距離，更能看出規模多小，同時發現摩天輪的乘客其實是花卉。車廂內放著當季花卉的盆栽，隨摩天輪不停轉動。

這座摩天輪剛落成時，曾在響子就讀的大學蔚爲話題。自然公園原本是當地居民扶老攜幼的休憩場所，以此爲契機一炮而紅，成爲都市年輕人的熱門約會地點。

然而，十幾年過去，如今根本看不到約會中的年輕情侶，附近只有帶著小孩的媽媽們，在巨大遮陽傘下攤開野餐墊享用便當。

仰望明顯生銹掉色的摩天輪骨架，響子回溯起十三年的歲月。那是一名二十歲的女子與命中注定的對象墜入愛河、結婚生子的時間，也是一隻貓走完一生的時間。

「笹生小姐，我們也來吃午餐吧？」

傳來一句詢問，響子驀然回神。岩見離開摩天輪，走到努力生長在斜坡上的櫸樹葉蔭下。他抬手遮擋刺眼的陽光，輪廓深邃的臉皺成一團。

響子也移動到櫸樹下歇息。由於沒帶野餐墊或報紙，只好直接坐在草地上。那一天又是如何？響子與美知擔心弄皺或弄髒浴衣，一直站著。不愧是年輕人，響子事不關己般感嘆。

「這是欣賞海上煙火大會的絕佳地點。」

響子吃著蛋沙拉三明治，一邊說明。岩見拿著飯糰，轉向後方的大海。

「哦，我倒是不知道。」

沉默降臨。「下次我也來這邊看煙火吧。不嫌棄的話，要不要一起來？」響子期待的邀約並未出現。咦，怎麼會這樣？響子眨眨眼，暗自爲事情的發展與預期不同失望，手上的蛋沙拉三明治味頓時少了一分滋味。

岩見沒察覺響子的情緒變化，收回眺望大海的視線，環視四周。

「當時，笹生小姐的貓是在哪邊呢？」

岩見提起Fuku，響子再次打起精神。

「唔……大約在藍色花叢那一帶。」

「哦，眞是漂亮的花。」

「是啊，花瓣呈星形，就叫藍星花（Blue star）（註）。當時聽到一陣尖細的『咪咪』

註：學名為Oxypetalum coeruleum，中文稱為「彩冠花」、「琉璃唐棉」、「日本藍星花」；只說「藍星花」其實是另一種花。為了前後文呼應，此處採取字面直譯。

聲，走進花田一看……發現一隻巴掌大的小貓貼在地面發抖，我還以爲是掉在地上的豆大福。」

十三年前海上煙火大會當天，美知一早就打電話來邀約：「有人告訴我一個祕密地點，我們一起去看煙火吧。」她特地到響子在大學附近的租屋會合，兩人租了車，由剛考到駕照的響子開車，一路開到此地。

雖說是祕密地點，摩天輪底下卻是人山人海。煙火秀一開始，穿木屐的美知就一腳踩到身旁的男子。

只穿海灘鞋的男子一臉痛苦，響子和美知拚命道歉。此時，隨著悠哉的一聲「怎麼了？」對方的同伴出現，恰恰是響子在大學登山社的學長立花。

「啊，立花學長！」

「這不是笹生嗎？」

這個偶然，成爲美知與立花命運的邂逅。美知望著立花，臉頰微微泛紅。注意到美知神情的變化，立花精悍的面孔柔和許多。一切宛如慢動作，清晰地留在響子的記憶中。耳邊甚至響起喀擦喀擦按快門的幻聽，響子馬上看穿，兩人瞬間就互相吸引。美知掙扎著不甘爲對方的外表淪陷，岩見則十分困惑，不懂剛認識的美知，爲何在心中的分量遠遠超過至今認識的女性朋友。兩人的模樣深深烙印在只能旁觀的響子眼底。

畢竟當時響子單戀著立花，捕捉喜歡的人舉手投足的習慣，諷刺地讓她完整見證立花喜歡上好友的瞬間。

響子一陣焦躁。她難過又沮喪，在立花與美知成爲大家公認的情侶前，希望至少能向立花表明心意，然後確認事情會不會有所改變。

煙火表演結束，四人好不容易一起隨著人潮往出口前進。忽然，響子聽到小貓的叫聲。

「有貓在叫，似乎還是小貓。」

聽到響子的話，大夥達成「尋找小貓，視情況帶回去照顧」的共識。貓究竟在哪裡？各自朝不同方向搜索時，不知爲何，響子耳中的貓叫聲格外清晰，甚至能夠辨別出大約是在花田中的藍色花朵附近。

響子剛要奔向聲源處，又停下腳步。轉身一看，美知踩到腳的男子早走遠，美知與立花往不同方向搜索，卻仍在彼此近旁。

此刻離開後果不堪設想，響子暗忖。連響子都前往別的地方，便只剩立花與美知獨處。這麼一來，兩人恐怕會加速墜入情網，正式談起戀愛，等於奪走響子吐露心意的機會。儘管不難預見結局，像是要測試響子，貓叫聲愈來愈響亮。

「立花學長……」

響子傾注滿腔情意呼喚，可惜在空氣都爲之扭曲的嘈雜聲中，終究無法傳到立花耳裡。

儘管希望能摀住耳朵，無視貓叫，響子最後還是轉過身。奔向花田的同時，二十歲的響子第一次思考什麼是「命運」。

今晚立花與美知墜入愛河，大概就是所謂的命運。誰都無法阻礙命中注定的戀情，我只能放棄。失戀就是我的命運。

不出所料，美知宛如乘上綠波帶，順利築起幸福生活。每當看到這樣的美知，響子便再度認清自己只能淪爲配角的命運。從此，一旦在戀愛或工作上遭遇阻礙，響子總是很快放棄，畢竟命運是無法戰勝的。

當然，響子對立花早就死心。不過，自從在藍花叢中找到Fuku，撿回家養大，直到Fuku過世仍朝夕相處的十三年間，她確實不只一次感到後悔。

要是我沒注意到Fuku的叫聲，沒離開立花學長身邊，或者……這些念頭縈繞在響子心中。

「妳還好嗎？」傳來一聲關切，響子連忙端正坐姿。她似乎拿著吃到一半的蛋沙拉三明治，僵在原地。糟糕，除了是與Fuku相遇的地方，這裡也是當初失戀的地方，她赫然驚覺，迅速拭去淚水，以免岩見看到，並將剩下的三明治一股腦塞進嘴裡。

岩見配合地佯裝沒看到情緒激動的響子。他特意背對響子遞出手帕，望著大海，一邊大聲說：

「相信笹生小姐的貓會很高興。過世一年後，還被如此深深愛著……真是一隻幸福的貓。」

岩見溫柔的鼓勵，反倒戳中響子內心的痛處，她毫不客氣地將臉埋進手帕。

「唔似的。」

「啊？」

響子拚命嚼下殘留在嘴裡的蛋沙拉三明治，重複一遍：

「不是的。」

「咦，是指什麼？」

岩見回頭，垂下英挺的眉毛詢問。響子對岩見感到過意不去，對Fuku更是歉疚，於是低著頭。不是的，我不是爲了Fuku的死悲傷流淚。不論何時，我都只爲可憐的自己哭泣。

「我和Fuku之間並沒有岩見先生說的『牽絆』，因爲我沒能好好珍惜Fuku。」

迎上岩見的目光，他的眼神和立花十分相像。響子不想在這個人面前撒謊，握緊岩見借她的手帕，一口氣說道：

「其實我對Fuku見死不救。」

Fuku突然在某天早上走了。牠一聲也沒吭，彷彿想盡量不引人注意，在屋內角落的窗簾後斷氣。

響子抱著牠的遺體奔至動物醫院，醫生卻歪著頭告知：「所有器官都喪失功能，不敢相信還能正常度日，牠應該非常痛苦吧。」

「您眞的都沒發現不對勁嗎？」獸醫一問，響子試著回想：最近Fuku有無異常？食慾呢？排便呢？叫聲呢？皮毛光澤呢？然而，腦海可悲地浮現不出任何答案。

「我只給予最低程度的照顧，想玩時才找Fuku，根本沒好好關心牠。」

岩見沒打斷響子，僅僅一臉同情地傾聽。

共同生活的是寵物這種立場壓倒性脆弱的生物，響子應該更留意，起碼要付出愛情。只要有愛就不會怠忽觀察，於是，響子對僅能仰賴飼主的Fuku的痛苦毫無所覺。若是因此導致Fuku的死亡，等於是我對Fuku見死不救。不，根本等於是我殺了牠。

響子想起睡姿像豆大福的Fuku。Fuku是一隻安分客氣的貓。即使是響子撫得牠一臉舒服，仍會帶著幾分抱歉，顫抖著鬍鬚。不小心忘記補充飼料和水，Fuku會默默忍耐，乖乖坐著等待。寒冷的夜晚，就算響子招手，Fuku總遲遲不動，最後只在棉被邊角縮成一團。響子遇上不順心的事，難過哭泣時，Fuku會在不遠的地方望著響子。響子一伸手，牠便怯生生地舔舐。

一同生活時，響子覺得Fuku就是這種個性的貓，現在回想，或許是Fuku察覺響子是懷著「好心地撿回家」、「好心地餵養」的施恩態度，收養破壞她和立花未來的自己。

所以，Fuku才那麼客氣。即使遍體鱗傷，仍表現得若無其事。牠一定是想著必須像平常一樣起床，像平常一樣吃飼料、上廁所，直到死亡終於來臨為止。

「是我逼得Fuku這麼勉強自己。」

響子哽咽著繼續道：

「這一年來，我隨身攜帶骨灰罈，其實是希望多少能減輕罪惡感。不願承認Fuku死亡，是想到再也無法向Fuku道歉，實在難以忍受。說到底，我根本只想著自己。」

響子不再開口，四下一片安靜。在遠方野餐的媽媽們與小孩的嬉鬧聲，空虛地飄散在靜謐的空間。

半晌，岩見重重嘆一口氣。他會說什麼？響子不禁渾身緊繃，岩見的一字一句緩緩傳入耳中。

「骨灰罈挺重的吧。」

「呃……嗯。」

「骨灰罈很重，體積又大，我不認為光是罪惡感，便能讓人甘願隨身帶著骨灰罈一整年。」

響子聽得不停眨眼，岩見點點頭。

「不要緊，笹生小姐確實愛著Fuku，直到現在都深愛著牠。Fuku一定明白這一點。」

兩人一陣沉默。響子無法順暢呼吸，肩膀上下起伏，不停喘息。此刻的心情，及對岩見的感激一擁而上，她頓時說不出話。

喝下最後一口冰咖啡，響子慢慢打開身旁的郵差包，取出包在套袋中的骨灰罈。

「笹生小姐？那是我的……」

岩見瞪大雙眼，響子點頭回應。

「岩見先生，謝謝你。我覺得現在辦得到，就當是爲了Fuku，也該好好確認遺骨。」

「咦，請、請等一下，要先確認我的骨灰罈嗎？」

「嗯，還是兩個都確認看看。」

響子剛要取出骨灰罈，岩見慌張地拿走。

「岩見先生……？」

「啊，欸……不能由我來確認嗎？不行吧。嗯，我知道，雖然知道，但……」

「你在說什麼啊？」

「也就是說，那個……」

岩見抱著骨灰罈支支吾吾，上方忽然發出像是「喵」或「咕喵」的怪聲。下一瞬間，細微的聲響和草葉沙沙搖動聲逼近。響子還來不及抬頭尋找聲源處，一樣東西便落在岩見身上。

「嘎啊！」

「喵哇！」

兩聲哀號重疊在一起。一聲來自岩見，另一聲則是貓。從櫸樹上失足滑落的貓，伸出爪子緊緊抓著岩見的肩膀。

那是一隻白毛皮上錯落著黑斑塊，擁有圓臉和圓眼的貓。

「Fuku！」

響子脫口而出，連忙閉上嘴。Fuku不可能死而復生，只不過眼前的貓和Fuku非常相似，簡直太像了。

「好痛！」

貓的爪子深深勾進岩見的肩膀，他痛得往後栽倒。被拋向地面的貓順勢竄離，從岩見手中滑落的套袋，以驚人的速度滾落丘陵。

「啊啊……」

這次換成岩見和響子的叫聲重疊在一起。兩人連忙追趕滾落的骨灰罈。

丘陵的斜坡鋪著柔軟的草，但骨灰罈套袋呈六角形，常因小石子或些微的高低差彈跳。當套袋撞上山腰一帶的岩石時，骨灰罈終於飛出來。

骨灰罈的蓋子輕易脫落，罈裡的東西翩然飄散四方。

「啊！」

岩見和響子不約而同發出驚呼。響子頓時停下腳步，岩見一路往下追。吃便當的親子集團紛紛投以注目禮，坡上傳來探詢聲，但響子沒聽清楚他們說什麼。

途中去撿骨灰罈套袋，晚到一步的響子，發現岩見拚命搜集飛散的東西。

「那是……岩見先生的骨灰罈……對吧？」

岩見沒回答，額上滴著汗水，繼續撿拾。

從摩天輪附近吹來一陣強風，散落草地的部分又隨風飛舞。

「啊啊……」

岩見雙眼充血，直盯著東西的去向。他仍是一臉精悍，正是響子喜歡的類型，但她已分不清眼前的人和立花有沒有相似的地方。其實，參加美知的婚禮後，響子便沒見過立花，根本無法想像立花三十歲的長相。那麼，她究竟是在這個人身上追尋什麼幻影？僅僅幾次的偶然就隨之起舞，深信是命中注定的邂逅，響子覺得剛剛的自己實在可笑。

孩童尖細的嚷嚷聲，隨風鑽進愣在原地的響子耳中。

「是錢！媽媽，好多鈔票在飛。」

岩見雙肩垮下，通紅的眼眸望向響子。

「小咪的遺骨呢？」

「對不起。」

「貓呢？你養過貓嗎？」

「對不起。」

「全是騙人的嗎？」

「對不起。」

「全部？喜歡車子、誇我駕駛技術好是謊話嗎？說Fuku是幸福的貓，是騙我的？『笹生小姐確實愛著Fuku』，那些鼓勵是騙我的？連『我們很像』的感想也是假的？一切的一切都是謊話？這些全是爲了取回骨灰罈裡的錢，扯出的花言巧語？」

岩見什麼都答不出。響子撿起草地上的萬圓鈔票，遞到岩見面前。

「哪來的錢？」

「是我的錢。」

「這也是謊話吧？」

響子一字一句，鏗鏘有力地詢問。岩見吐一口氣，端正的面孔歪曲，露出疲憊的笑容。

「嗯，沒錯，這是謊話。這些是我從殯儀館偷的錢，我是個謊話連篇的偷竊犯。」

岩見慢慢彎下腰，撿起空無一物的白色骨灰罈。望向響子的目光漸暗，口吻自暴自棄。

「哎，傷腦筋。原以爲偷來的奠儀放進骨灰罈，便能神不知鬼不覺地運出現場。實際上，的確如預期般順利進行，沒想到我會忘在電車裡，還遇到一模一樣的包包和骨灰罈，眞是太爛了。」

「的確，這種偶然實在太爛了。」

響子低聲附和，拿出手機準備報警。

岩見渾身一僵，但注意到視野良好的小丘上，那些帶著小孩的母親想必將一切盡收眼底，頓時打消逃跑的念頭。他拿著骨灰罈，茫然佇立。

響子一直沒按下通話鍵，岩見面無表情地轉向她。

「不報警嗎？」

「在那之前，我有一件事想問你。」

響子放下手機，凝視岩見。

「岩見先生，你爲什麼要偷奠儀？」

這個問題似乎大大超出岩見的意料，一度褪去的情感又回到臉上。

「妳問我爲什麼……理由之類的重要嗎？不管三七二十一，直接報警不就好了？」

「我也想啊！但這樣我無法接受。就算你的每一句話都是謊言，我當時得到救贖的心情仍是眞實的，所以我才想問你。我想瞭解『偷竊犯』這一面以外的你。」

岩見眨了眨雙眼皮分明的瞳眸，低頭看著響子。

「笹生小姐眞是個怪人。」

「常有人這麼說。這不重要，還是先告訴我當奠儀小偷的理由吧。」

大概是「奠儀小偷」這個稱呼逗趣，岩見精悍的表情和緩，浮現微微笑意。

「那當然是……沒錢就活不下去啊。」

「你不考慮去工作嗎？」

「考慮過啊，實際上我現在也拚命工作。可是，沒辦法，從小我就揹著父母欠下的幾千萬，就算還了錢，仍有利息要還，債務愈滾愈大……想不到還有什麼正當的方法。這大概是命運吧，我放棄了。」

響子忍不住插話：

「將人生交給命運很輕鬆，但這樣未免太可惜。」

響子對岩見說的話，也是在告誡自己。

「太可惜了……」響子咀嚼般重複一遍，撥下一一〇的號碼。

等待警方到達的期間，岩見蜷著寬廣的背望向大海，完全不回頭。

「關於你的事都是眞的吧。」

響子抱著被無視的覺悟搭話。岩見結實的背部，連頸項都晒成古銅色，證明「拚命工作」這句話並無虛假，起碼響子想相信。

「謝謝你鼓勵爲Fuku沮喪的我。」

「……不過是花言巧語，妳也要道謝嗎？」

岩見沉聲回應。明知岩見看不到，響子仍連點三次頭。

「我決定相信那不只是花言巧語，所以，謝謝你。」

岩見的背一陣起伏，不曉得是在嗤笑還是流淚，響子感到Fuku的骨灰罈格外沉重。某處傳來貓叫。是從櫸樹上躍下，很像Fuku的貓嗎？響子凝神環視整片丘陵，可惜到處都沒看見那隻宛如豆大福的貓。

漫長的夏日西沉，響子終於回到海狹間車站。沒想到不看一眼，就能確認是自己的失物。響子抱著郵差包，敲了敲如同牆壁的拉門，卻毫無回應。

在門前待了片刻，響子頂不住炎熱的天氣，又等得不耐煩，於是直接拉開門。豈料，守保正朝門伸出手，雙眼圓睜看著響子。響子也大吃一驚，只見守保穿著魚販的橡膠圍裙和橡膠手套，一時認不出是誰。

「啊，對不起。」

「不，我才失禮。」

守保說著脫下手套、解下圍裙，隨手放在櫃檯上。一股魚腥味撲鼻而來，響子不禁後退。見到這一幕，守保困擾似地搔搔紅髮。

「不好意思，剛好是餵企鵝的時間，所以不太能及時應門。」

看來，這裡職員的工作包含養育企鵝。響子頓時明白第一次聯絡失物招領課時，遲遲沒人接電話的理由。搞什麼啊？雖然不能說心中沒有不滿，但也只能祈禱不要被囉嗦的乘客發現投訴。

「企鵝是搭電車回來嗎？眞厲害。」響子還在佩服，櫃檯後方看似冰庫的醒目銀色大門應聲打開，企鵝走出來，時機巧得像聽到響子的聲音。

企鵝來到守保身邊，在他身邊啪噠啪噠繞步，彷彿希望有人理牠。一抬起頭，橘色嘴喙便輕啄守保的褲子。

守保自然地摸摸企鵝的頭。

「這個浪子似乎挺喜歡搭電車遛達，就算換車坐到遠處，也能夠好好回家。」

說是「浪子」，代表應該是隻雄企鵝，響子腦中新增多餘的企鵝情報。總覺得好冷，她摩挲雙臂，望向敞開的銀色大門，裡面散發著連夏天的蒸騰熱氣都能瞬間結凍的冷氣。響子挺直背脊窺探門內，以爲是冰庫，卻是一個五張榻榻米大的結冰房間。

「這是……企鵝的家嗎？」

「是的，啊，不過也充當冰庫，畢竟是業務用的冰庫改裝而成。」

守保的嘴角揚起，描繪出波浪般的曲線，隨後正色問：「處理好了嗎？」

「嗯，用機器處理的，不到一小時就完成。」

響子輕快地回答，從黑色郵差包裡愼重取出白色紙袋。業者推薦的水溶性紙袋裡，裝的是碎得猶如粉雪的Fuku遺骨。

將岩見交給警方後，響子聯絡守保，說明事情的經過。

「所以，岩見先生和他的失物一起去警局報到。接下來，我會回車站辦手續。」

響子迅速說完，守保慢吞吞地詢問：

「笹生小姐，您要領回失物嗎？還是，要先將失物寄放在這邊？」

啊？這個人在說什麼？響子對著話筒，一句話也說不出，耳中繼續傳來守保帶有透明感的嗓音。

「畢竟，有時失物還是離開手邊比較好。」

「離開手邊比較好……是指什麼？只要願意，就能請失物招領課幫忙保管嗎？」

「是的，這邊能夠幫忙保管失物，公司總部也提供保管服務，有時會將東西移往最適合的地方。極少數的情況下，會直接廢棄……視情況而定。」

守保一派坦蕩，響子只能回一句「這樣啊」，思考起原本理所當然準備領回的Fuku遺骨。

響子覺得自己不會再隨身帶著骨灰罈。多虧岩見，響子做好覺悟，接受Fuku的死。這麼一來，就該讓死者歸於死者的棲所。不過，那又是哪裡？直接把骨灰罈放在家裡？或者，埋在某座墓園？響子腦海浮現幾個方案，但都覺得不合適。

「喂？」守保小心翼翼地出聲。

啊，忘記在通話。「抱歉，那麼晚點見。」響子回神，剛要掛斷電話時手一頓。響子將手機貼近耳邊，依然感覺得到守保在傾聽，她忍不住吐露目前的煩惱。

「呃……其實，我還沒想好。不曉得該讓Fuku的遺骨在哪裡安息，但直接交給失物招領課保管，似乎也很奇怪。」

「哦……」

聽到守保困惑的回應，響子的臉頰發燙。我在和對方商量什麼啊？得趕緊振作精神。響子打算說幾句結束通話，卻傳來守保悠哉的聲音：

「那個……不妨聽聽我的建議？」

「建議？」

「是的，不曉得您覺得撒骨灰如何？這是一種將粉末狀的遺骨撒向大自然的送葬方式。」

「啊，以前在外國電影裡看過類似的橋段，不過日本允許這樣的行爲嗎？」

「只要是不會影響到人的生活圈、有所節制的方式，就沒問題。比方，撒在非私人海域之類。」

「你眞瞭解。」

「之前我希望死後骨灰能夠撒到大海，於是調查了一下。」

咦？響子吞下差點脫口的疑問。眞是的，響子皺眉暗暗嘟噥。守保到底有多少成分是在開玩笑？

暫且拋開守保的言行舉止，「撒骨灰」這個詞聽起來非常有吸引力。響子低喃著「大海啊」，不禁心生嚮往。大海既寬廣又開闊，這一點很好。由於響子的任性，這一年間，Fuku一直困在生死之間的狹小世界受苦。響子深深反省，如今只希望讓Fuku自由，送牠上路。在這一層意義上，響子喜歡遼闊的大海，感覺Fuku也會喜歡。

守保彷彿讀出響子的想法，開口道：

「偶爾也會有人在我們附近的海域撒骨灰。」

「在海狹間站撒骨灰？」

「是的。這一帶不是游泳區域，也不是漁場，恰恰適合撒骨灰。」

「就這麼辦，我選擇撒骨灰。」

響子馬上回答。

確認過Fuku磨成粉末狀的遺骨，守保遞還給響子，說一聲「請往這邊」，彷彿以下巴示意方向後，走出辦公室。企鵝啪噠啪噠尾隨，響子跟在他們身後。

候車室有幾名下班的藤崎電機員工，守保經過他們，逕自離開車站。「到底要去哪裡？」無視響子的不安，守保和企鵝像在傍晚散步，一派輕鬆地來到藤崎電機的大門。

「欸，車站的工作不要緊嗎？」

「是的，海狹間站原本就是無人車站，失物招領課也會有人來代班，請不用擔心。」

一名身材高大，神情凶惡的警衛雙手背在身後，雙腳跨開擋在工廠大門口。那銳利的目光，容易教人誤以爲是刑警或黑道分子；頂著復古的蓬亂鬈髮，腦袋看起來比實際大三倍。討厭，好可怕，絕對會挨罵……響子心生怯意。不料，守保點頭致意後，警衛便讓出路，打開大門。

「咦，沒關係嗎？」

響子一臉困惑，守保彎著嘴角，像鴨子一樣翹起嘴唇輕笑。

「他不會抓我們，請放心。我事先聯絡過，要借用藤崎電機的船，從他們的專用碼頭出海。」

響子在電話中表達撒骨灰的意願，於是守保告訴她業者的聯絡方式，請響子在回海狹間站前，先將Fuku遺骨磨成粉狀。然後，他向響子保證「接下來交給我」。響子以爲守保會介紹主持撒骨灰儀式的業者，看樣子守保要親自上陣。

不愧是營業用廚房器具業界中，稱霸市占率的公司，藤崎電機的廠區十分遼闊，難怪會專門設置車站。光是在數棟相連的淡綠平頂工廠中的職員，大概就能塞滿三節車廂的小列車。

廣大的廠區中，蜿蜒的道路旁用心地種植樹木花草，宛如宮殿的庭園。下班後穿藍色工作服的職員來來往往，守保沿途向他們打招呼，熟門熟路地往裡走。明顯不是相關人士的鐵道公司職員、明顯不是相關人士的洋裝打扮女子，以及明顯不屬於相關人士（或者說不屬於同一物種）的企鵝，這奇妙的三人（兩人再加上一隻）組合在園區內招搖過街，也沒有任何職員前來質問。守保先前說的話似乎是真的。

「大和北旅客鐵道公司和藤崎電機有任何企業上的合作嗎？」

「不，只是我個人和藤崎電機有一些算是互助的關係……」

守保露出小巧的牙齒，揚起微笑。響子還是不太明白，不過她也不清楚是否該繼續問下去，於是決定默默跟上。

走了足足十五分鐘後，他們一行來到和大門形成對角的園區另一端，守保終於停下腳步。碼頭附近彷彿標記一般，種著一株從貼近地面的位置就往左右生長枝枒的樹。響子注意到一旁寫著「千島櫻」的植樹碑，心想如果現在是春天就好了，Fuku很喜歡櫻花的花瓣。

從大海的方向傳來波浪拍打聲。響子抓著欄杆探出身子，只見一艘全白遊艇浮在漆黑海面上。

「那就啓程嘍？」

守保毫不拖泥帶水地問。響子不禁握緊黑色郵差包的背帶。

「咦，但誰來開遊艇？」

「啊，我會開。我有船舶駕駛執照。」

守保含蓄地在胸前舉起手。響子盯著他五秒鐘，靜靜開口：

「你到底是何方神聖？」

「咦，我嗎？我是失物招領課的守保蒼平。」

守保一臉呆愣，紅髮隨著歪頭的動作搖晃，看上去更加年輕。響子不由得移開視線，守保順著響子的目光望去，看到企鵝後「啊啊」地綻開笑容。

「這一位是企鵝，還沒有名字。」

「是嘛？」

「是的，擅自幫牠取名有點不妥……所以目前未定。」

響子不太能理解，不過，難以理解的事一籮筐，事到如今她也無意針對這一點追問，於是點點頭，應一聲「這樣啊」。

「嘎啦啦啦啦、嘎、嘎啦啦啦啦、嘎」帶痰的烏鴉叫聲突然響起。響子驚訝地盯著企鵝展開無法飛行的翅膀，朝空中張大橘色鳥喙，彷彿在打哈欠。

「企鵝似乎想睡覺了……」

「不，這是在體溫調節，今天很熱嘛。」

守保一邊解釋，一邊抱起企鵝，移到欄杆外側後放手。撲通一聲，企鵝落進海裡。

「哇！」響子驚呼。守保看了她一眼，像是覺得很有趣，接著走下通往繫著遊艇的小碼頭階梯。響子連忙跟上，按捺不住發問：

「沒問題嗎？直接把企鵝拋進海裡，那樣子沒問題嗎？」

「哦，這片海域禁止人類游泳，不過允許企鵝游泳。我徵詢過專家，雖然這個季節的水溫偏高，不適合企鵝長時間泡在水裡，但還是比悶熱的陸地舒服許多。」

「說不定是那樣，可是企鵝不會迷路，不曉得怎麼回來嗎？」

「牠很聰明，靠自己沒問題的，別擔心。」

所謂的「別擔心」，究竟是不用擔心企鵝迷路，還是企鵝能獨力回家，不用擔心？伴隨著與守保牛頭不對馬嘴的對談，響子咬著牙搭上遊艇。

在意企鵝是原因之一，響子待在甲板上，一路看著遊艇駛出海岸。遊艇離岸邊愈來愈遠，海風益發強勁，頭髮和肌膚馬上變得黏答答。

離岸不遠的地方，不時能望見如火箭般躍出海面的身影。發現那是企鵝，響子鬆一口氣，慶幸企鵝沒追著遊艇游離岸邊。

來到海上，遊艇停下。響子遠眺以藤崎電機爲主的臨海工廠區，廠房、起重機及石油槽的燈光浮現在黑夜中，營造出奇幻的氣氛。即使不是喜好工廠的狂熱分子，也會想拿相機留下眼前這一幕。移動視線，工廠群另一側是閃爍著光芒的鐵道。沿著鐵路望去，盡頭是玩具般小巧的海狹間站月台。

響子從甲板走向位於船艙與甲板中間的駕駛室，隔著一面玻璃的駕駛室中，守保一臉陶醉地欣賞著從海上望去的工廠區夜景。

守保注意到響子，露出朦朧的微笑，神情十分溫柔。守保在口袋摸索一陣，取出手機湊近耳朵。

沒多久，響子的手機響起。按下通話鍵，傳來守保阻絕在厚重玻璃後的聲音。

「笹生小姐，請在希望的時間道別吧。」

守保的話聲和隔著玻璃的口型，有著些微時間差。響子胸口一緊，連忙轉身背對守保，返回駕駛室視野範圍外的甲板後方。

響子深吸一口氣，從郵差包中取出白紙袋，Fuku的遺骨就裝在袋裡。仰望夜空，星星比平常明亮。就算是錯覺也無所謂，她想如此相信。

「Fuku……」響子自然而然地呼喚出聲，「十二……不，十三年間，多虧你陪伴在我的身邊，謝謝你。」

各種情感瞬間充塞胸口，但瞥見躍出海面的企鵝身影，響子又忍不住笑出來。眞是的，那隻企鵝未免太逗趣了吧。

響子緩慢卻有力地朝大海拋出白色紙袋。漆黑大海吞沒水溶性的紙袋，旋即消失無蹤。Fuku的遺骨沉入海底，響子大大吐一口氣，從包包裡拿出跑了三家花店才買到的小小藍星花束。當初發現連眼睛都還沒睜開的年幼Fuku時，四周盛開的就是藍星花，響子想用這種花送Fuku一程。她摘下藍色花瓣，撒向大海。

「沒問題的，笹生小姐確實愛著Fuku，直到現在仍深愛著牠。Fuku一定明白這一點。」

耳中再次響起岩見的話聲，胸口湧起一股暖意。不論是那些鼓勵的話語，還是說出鼓勵話語的岩見，響子都想相信。

「我最喜歡Fuku了。」

響子朝著Fuku踏上旅程的大海喊出心聲。失戀那一天來到家中的小貓，和這隻像豆大福的貓共度的日子，在這一刻成爲回憶。終於變成有些苦澀，卻値得反覆回味的回憶。

響子在口袋中摸索手機想打給守保，忽然一頓，走下甲板，穿過船艙步向駕駛室。

守保打開與船艙相連的艙門，朝響子招招手。注意到響子從口袋掏出的手帕後，他疑惑地歪了歪頭。

「這是……？」

「岩見先生遺落的東西。不過，其實是我向岩見先生借用後，忘了還他。」

守保畢恭畢敬地接下手帕，望向響子。看著他溫柔的神情，響子終於能吐出積累在心底的話語。

「直到那個人贖完罪責爲止，我想寄放這條手帕。不是遺落在電車或車站的東西，可以嗎？」

「當然，畢竟是失物招領課啊。」

守保強而有力地點頭。受到鼓舞的響子，取下脖子上的亞麻絲巾。

「然後，這是我的失物。現在我弄丟了這條絲巾。」

響子將絲巾遞給守保，低聲說「好，這下遺失了」。守保思索片刻，隨即大大點頭：

「原來是這麼回事。」

「我明白了，那就由失物招領課代爲保管。只要聯絡岩見先生時，也聯絡您就行了嗎？」

偏長的劉海下，守保的雙眸含笑。儘管與守保的交談總是牛頭不對馬嘴，他卻很快察覺響子的用意。

「是的，那就麻煩了。來領取失物時，要是能湊巧遇到岩見先生就好了。」

「希望命中注定般的巧合，能夠再度發生。」

「沒有的話，就靠我自己創造機會嘍。」

響子如此宣言。不論岩見是不是命中注定的對象，響子都想再和他見面談談。響子深深希望他能夠重返社會。

守保的嘴角描繪波浪般揚起，露出柔軟的笑容。他仔細摺起岩見的手帕和響子的絲巾，並排放在駕駛座旁的平台上。

「那麼，我們回去吧。」

遊艇晃動一下，調轉方向。留下操縱遊艇的守保，響子透過船艙的窗戶望著夜晚的大海。再次出發的遊艇，在漆黑海上激起浪花。即使籠罩在黑暗中，浪花依然白得炫目，宛如照亮道路、教人安心的燈光。

今後也要跌跌撞撞地在這個世界活下去——必須好好活下去——的自己和岩見，及前往另一個世界的Fuku面龐，接連浮現在響子的腦海。不曉得照亮各自前行道路的燈光，會不會沿途點亮，永不熄滅？

響子順著映照在波浪上的燈光望向前方，只見漆黑大海中，企鵝的身影如火箭般飛躍而出。

2

號角響起

劍士耿查斯步出公會，在舊城區的商店街上徘徊。

他找過所有武器鋪和露天攤販，但架上始終不見魔劍「死魂終結者」。

「得快點找到才行……」

電腦前的福森弦拿免洗筷夾起薯片送入嘴裡，同時忙碌地挪動滑鼠。電腦畫面中，他扮演的遊戲角色——劍士耿查斯邁步奔跑。

弦玩的是一款名為《巴比倫尼亞．奧德賽》的線上遊戲。來自各地的眾多玩家登入網路上的幻想世界，操縱自己的角色去冒險、做生意、釣魚、耕作等，照喜歡的方式過活。在遊戲內的城鎮及平原往來的每一個角色，背後幾乎都有一個玩家透過自家或網咖的電腦操控。

弦在尋找的魔劍「死魂終結者」，是《巴比倫尼亞．奧德賽》官方為紀念遊戲上線三周年，於七年前推出的期間限定罕見武器，也就是所謂的稀有道具。這款老遊戲在八年前一度大受歡迎，但最近不論是系統、圖像，或營運的方式都遭到「過時」的批評。從七年前玩到現在的玩家應該不多，弦有心理準備，尋找魔劍必定不容易。

既然如此，乾脆穿過森林，將搜索範圍擴大到鄰國吧。弦抱著這樣的想法來到邊境，卻看到一名露天商人站在冷清的道路中央。

這種地方怎會有露天商人？弦頓時感到可疑。

在《巴比倫尼亞．奧德賽》的世界中，玩家操作的角色升到一定等級後，玩家可將手邊的道具賣給其他玩家，同時也可向其他玩家購買想要的道具。玩家藉此賺取遊戲內的貨幣，獲得強大的武器和防具，或參加需要付費的活動。不過做生意期間，系統會以爲玩家操控的劍士或魔術師，轉職爲露天商人，攻擊力和守備力都會暫時降低。

爲了避免這種狀況，大多數玩家會選擇在不易遭敵方怪物攻擊的城鎮擺攤。邊境離潛藏著凶惡敵人的迷宮太近，不知何時會遇襲，毫無防備在此擺攤的玩家，都可視爲以賺錢爲目標的「邪門歪道」。

弦打起精神，提防碰上騙錢的黑店。他將滑鼠的游標移至露天商人，按下Enter鍵。露天商人的頭上冒出視窗，列出正在販賣或收購的道具清單。

弦約略掃過一遍，清單上沒看到魔劍的蹤影。劍士耿查斯確認完畢，準備動身離去，露天商人卻用「悄悄話」（whisper chat）喊住他。

「悄悄話」是交談選單的名稱。遊戲畫面上會出現宛如漫畫中的對話框，不只當事人，連路過的第三者也能看到的普通交談，稱爲「聊天」（chat）。若是玩家想和特定對象私下談話——不想讓第三者得知談話內容，便會選擇「悄悄話」。

弦迷上《巴比倫尼亞．奧德賽》，至今已過三年，和不太熟的對象用「悄悄話」交談的經驗卻寥寥可數。他仔細觀察原本是魔術師、一身紫色長袍的露天商人，不太情願地回應對方提出的「悄悄話」請求。

畫面上隨即冒出別的玩家無法看到的視窗，顯示著對方的代號和單刀直入的詢問。

冰雨：「你在找魔劍『死魂終結者』嗎？」

弦的手停在鍵盤上，猶豫著該不該坦白，對方又冒出新的一句。

冰雨：「抱歉，剛剛在鎮上看到你在找『死魂終結者』，才會這麼問。」

耿查斯：「是的，我確實在找『死魂終結者』。」

弦還沒打完字，畫面中的露天商人冰雨便拿出一柄大劍放在地面，似乎是沒擺到架上販賣的道具。不必把游標移到那柄劍上，弦就看出是苦苦尋覓的魔劍「死魂終結者」。冰雨明明是用不到劍的魔術師，卻帶著這柄劍，看來的確是專業的露天商人。弦益發提高戒備，準備等對方出招。

冰雨：「你爲什麼需要這柄劍？」

耿查斯：「因爲常常組隊的同伴要引退。」

冰雨：「你說的該不會是eike.h？」

耿查斯：「咦！你認識嗎？」

冰雨：「以前我們組隊探險過幾次，接受不少恩情，是人很好的老玩家，對吧？」

弦鼻翼翕動，在電腦前大力點頭。eike.h果然厲害，大家都知道。

耿查斯：「是的，我也受過許多關照，所以想在eike.h登入的最後一天，大家一起挑戰石之庭迷宮當作送別。」

冰雨：「石之庭滿多不死系怪物。」

耿查斯：「對，我打算拿到魔劍『死魂終結者』增強隊伍，將勝利獻給eike.h。」

弦急著用鍵盤打出想說的話，卻變得像奇怪的翻譯文章，不過現在沒空一一在意。

冰雨：「既然如此，請務必用上這柄劍。」

耿查斯：「謝謝！請問多少錢？」

弦送出問題，冰雨停頓片刻才回答。

冰雨：「我不需要遊戲內的貨幣。」

弦全身緊繃，忙亂地揉了揉鼻子，小心翼翼輸入文字。

耿查斯：「要用現金交易嗎？」

這一類行爲容易引起紛爭，遊戲營運方其實禁止現金交易。冰雨就是爲此特意在邊境等待，以「悄悄話」提出交易嗎？糟糕，惹上麻煩的事。弦嘆一口氣，拿起一旁還沒喝完的寶特瓶，仰頭灌一口，沒氣的可樂滑過喉嚨。

冰雨：「不，我只是想麻煩你去探險。」

耿查斯：「探險？是哪邊的迷宮嗎？」

冰雨：「不是迷宮，我想請你幫的忙，是名爲『現實世界的冒險』的跑腿任務。」

耿查斯：「Ifgy2d」

冰雨：「欸，怎麼了？」

弦連忙敲打鍵盤。

耿查斯：「抱歉！剛才我家的貓跑到鍵盤上亂踩。」

冰雨：「你家有養貓？」

耿查斯：「嗯。」

弦看著一屁股坐在電腦旁，大名「呼嚕」的自家貓咪，然後又望向掛在牆上的高中制服。

制服和新的一樣，畢竟進入高中，到升上可說是轉折點的二年級爲止，算是過了一半的高中生涯裡，弦很少上學，自然新得像沒穿過。大概是沒考上第一志願，無可奈何地就讀這所學校，打一開始弦便興趣缺缺。他放任自己怠惰，還沒抓到學校氣氛及同學相處的特徵，就一直窩在家。從此之後，弦變得不擅應付現實世界的各種交際，連去附近的便利商店也會冒冷汗。

「不不不，要我去現實世界探險，不管怎麼想都不可能。」

面對弦的自言自語，呼嚕只是打了個哈欠。

「不，等一下。不過……我還是想要『死魂終結者』。」

弦不停揉鼻子，盤起雙手。身邊沒有三個臭皮匠，只有一隻貓，於是他試著詢問呼嚕。

「你覺得這項交易如何？」

呼嚕滿身的白色毛皮上錯落著黑色斑塊，不論身體、臉，或眼睛都圓滾滾，家中暱稱

「大福貓」。光看著擁有軟呼呼寬臉、長相逗趣的呼嚕，弦的身心便有種治癒感。

弦放開滑鼠，抬手撫弄呼嚕的眉間。呼嚕喉嚨發出「咕嚕咕嚕」的低吟，舒服地眯起眼。

這段期間，冰雨的對話框持續出現新的訊息。

冰雨：「眞好，哪天我也想養隻貓。」

弦的視線移回冰雨顯示在畫面上的話語，認眞端詳可疑的露天商人。他試著在腦中描繪操縱這名角色的玩家長相，卻一片空白。不過，喜歡貓的傢伙應該不會是什麼壞人……弦這麼認爲。

「對吧？應該不會出什麼事吧？」

弦不安地向呼嚕尋求意見，仍得不到任何回應，於是他敲下鍵盤。

耿查斯：「好啊。噢，我是說跑腿的事，不是指貓。你希望我做什麼？」

冰雨：「謝謝！」

之後，對方說明交易內容與執行步驟，「悄悄話」的對話視窗愈滾愈長。告一段落後，呼嚕已像一團大福，窩在電腦旁睡著。從拉下的窗簾縫隙，透進早晨的淺白日光。

在終點的海狹間站下車的僅有弦一人。揹著大背包的弦舒一口氣，取下耳機。波浪拍打聲傳進弦的耳中，海浪聲間或夾雜著高亢低沉的金屬音。

「好酷喔……」弦興奮得提高嗓音讚嘆。

由離家最近的華見岡站搭上直達電車，只需三十分鐘左右，但從海狹間站看到的景色宛如截然不同的世界——以弦的說法，就是「像遊戲一樣」。銀灰色大海出現在眼前，無機質且造型帥氣的工業區吐出的白煙飄向天空，混入秋天的陰鬱雲層。望著超乎日常的風景，弦受陰沉天氣影響的心情明亮起來。

弦沒搭上班次極少的直達電車，被迫在支線的轉乘站等了四十五分鐘，眼前的別樣風情可說是讓剛才的等待值回票價。弦揉揉鼻子，會反覆做出這個緊張時的習慣動作，是有原因的。

暌違一年，弦昨天才走出家門。在擁擠的人群中穿梭，及搭乘公共交通工具出遠門，弦仍是陌生無比。然而，他接下來卻不得不挑戰最不擅長的事——和三次元的人在現實中交談。

我果然還是沒辦法……好想逃走……

弦抓著月台的欄杆眺望大海，同時慢慢滑落，蹲坐在地上。

昨天，爲了替冰雨委託的「冒險」進行準備，弦搭上電車，卻掉了東西。一發現東西遺失，弦立刻上網查出失物保管處的聯絡方式，連打好幾通電話，但一直無人接聽。

「話說回來，如今居然有辦事處沒在網站上放電子郵件地址，眞是難以置信。」

弦低聲發牢騷。其實，連需要直接交談的電話，弦也會驚慌失措，所以他對打電話一樣敬而遠之。可是，「冒險」的時間一分一秒逼近，他不得不在沒取得聯絡的情況下，直接登門詢問的高難度行動。不是誇大，弦根本滿心絕望。

要是沒弄丟那樣東西，就不會旁生枝節，多出這種「任務」。光是完成冰雨委託的「冒險」便忙得焦頭爛額，眞不走運。弦對粗心的自己生悶氣，一邊取出手機，不死心地再次打給失物保管處，但依舊只有持續不斷的播號聲。

「哎，眞是的！」

弦充滿不安與焦躁的腦海，突然浮現呼嚕那張大福般的臉。

呼嚕平常從弦的房間窗戶自由進出，行動範圍似乎十分廣闊。根據家人的目擊證言，牠有時甚至會晃到車站另一邊，座落在山丘上的自然公園。不曉得是不是去參觀自然公園的著名景點「花之摩天輪」？比起我這種人，呼嚕的見聞應該非常豐富，想來也更適應外面的世界。弦由衷羨慕，忽然間，視野一角出現一道晃動的身影。

「咦？」

弦驚訝得站起，恰恰與從月台邊緣的階梯探出頭的動物視線交會。不是貓，也不是狗，擁有黑白雙色的渾圓腦袋和橘色嘴喙，拍動著無法飛翔的翅膀，睜著黑亮眼眸望過來的生物是……？

「企鵝？」

大概是聽到弦的驚呼，企鵝轉一圈背向他，搖搖晃晃走下階梯。

留在原地的弦躊躇片刻，再度戴上耳機，毫不猶豫地選擇手機中《巴比倫尼亞・奧德賽》的遊戲配樂。耳機立刻響起雄壯的號角聲，跳躍般的旋律伴隨著一連串鼓聲流瀉而出。遊戲中的角色離鎮，準備展開冒險時，總會響起這首曲子。

「好，出發吧。」弦自我激勵般低語，大大擺動胳臂步向企鵝離去的階梯。

一下階梯，弦便追上企鵝。企鵝左右搖晃著轉身，看到弦沒特別驚慌，步調不變繼續行進。這是……真的企鵝，不是我的幻覺吧？弦仍難以相信自己的雙眼，忍不住繞到企鵝身旁，拿出手機拍下照片。不知是不是受到「啪擦」的快門機械音驚擾，企鵝揮動被稱爲「鰭肢」的前肢，閉起一邊眼睛。弦察覺剛剛的行爲似乎很失禮。

尾隨企鵝，穿過無人剪票口，弦來到地板、天花板、牆壁都是木造裝潢的等候室。從出口看得見大型工廠的門，身材高大、一頭蓬髮的警衛，狐疑地望著弦。企鵝往左拐，弦趁機轉身，避開警衛的視線。

企鵝用橘色嘴喙啄了啄，木板牆倏地滑開。弦發出「哇」一聲，取下耳機。原以爲是牆壁，其實是拉門，仔細一瞧，弦發現門上有可供手指勾住的小小溝槽。

「歡迎回來。」

一道柔軟的嗓音響起，拉門縫隙後的紅髮映入弦的視野。

輕浮男出現！弦全身緊繃。注意到一旁的弦，紅髮青年露出軟綿綿的笑容，嘴角宛如描繪出波浪線條般勾起，微翹的嘴唇爲他增添一分稚嫩及可愛。啊，這傢伙感覺很受歡迎，弦凝視對方呆呆想著。對方一定是在現實世界中，戀愛、學校生活或工作都十分順遂的人種。可惡的現充（註）！弦擅自認定，在內心憤憤咒罵。

「請問有什麼事嗎？」

對方口吻有禮，弦察覺剛剛那句「歡迎回來」是對企鵝說的。

「呃，有什麼事……是說，這裡是什麼地方？」

紅髮青年笑瞇瞇地看著弦，指向從天花板垂下的綠色牌子。

「『失物招領課』？就是這裡嗎？」

「是的，正式名稱是『大和北旅客鐵道波濱線遺失物處理中心』，不過我覺得『失物招領課』比較好懂，也比較親切。」

「喔……」

弦抓緊背包的肩帶，東張西望，目光掃過整間辦公室。只見幾乎橫切室內的櫃檯、櫃檯後方擺著電腦的桌子，及快要排滿整面牆壁的大小置物櫃，確實像保管遺失物品的地方。

「請問您遺失了什麼嗎？」

失物招領課的青年微微偏頭詢問，弦支支吾吾說不出話。他低著頭，偷偷瞥向青年比

註：網路用語，指「現實生活充實美滿」的人。

自己高的瘦削身形。對方穿著鐵道公司制服，苔綠長褲搭灰外套，胸前別上寫著「守保」的名牌，不過，整體上有種……可疑的感覺。原因是青年那頭可說是現充代表的音樂人髮色？還是，出自不受歡迎的男性偏見？

弦決定以提問代替回答。面對理當不擅應付的三次元人類，不曉得是令他不知所措的事太多，或是名爲守保的青年身上超乎常識的氛圍，弦仍能出聲交談。

「呃……車站的失物招領課，爲何會有企鵝？」

企鵝輕快地從名爲守保的青年身旁經過，鑽過櫃檯，來到後方牆上宛如巨大冷凍庫的銀色門前，背對弦停下腳步。牠一身黑羽毛泛著光澤，頭上有一圈白花紋，像戴著髮箍。守保彷彿追著弦的視線，轉身望向企鵝，「呵呵呵」地笑起來。

「是你養的嗎？」

「應該說，是我有幸負責照顧牠。」

弦不太明白兩者的差異。企鵝突然朝天花板抬起嘴喙，張嘴發出「嘎啦啦啦啦」的響亮叫聲，打斷弦和守保的對話。

「不好意思，失陪一下。」守保向弦打聲招呼，彎身鑽過櫃檯，大步走向企鵝。他打開銀色大門，出現約五張榻榻米大的結冰房間。

企鵝併攏兩隻肉呼呼的寬大腳蹼，跳進結冰的房間。「好好休息喔。」守保交代一句，便關上門，若無其事地返回，隔著櫃檯和弦面對面。

弦按捺不住地問：

「這是失物招領課吧？」

其實，弦眞正想確認的是——這裡不是水族館，或珍奇動物秀吧？

「是的，所以才會問您掉了什麼東西？」

守保悠哉地微微偏頭，談話內容回到原點。弦放棄掙扎，老實說出答案。

「唔……是信，一封很舊的信……裝在畫著Kitty的信封裡，啊，是把信紙連同信封對折成小小的一半，隨身帶著……」守保沒繼續追問，弦也沒進一步說明。不過，他會對折信封，是爲了將信收在小小的護身符袋裡。所謂的護身符袋，是弦上幼稚園時，母親爲他縫製的水藍束口袋。弦從小怕生，容易緊張得全身僵硬。爲了讓他多少能夠安心，母親在親手縫製的束口袋中，放進弦喜歡的動漫角色貼紙、奶奶寫的信，及附近神社貨眞價實的護身符，給他隨身攜帶，並告訴他：「只要帶著這個護身符袋，就沒什麼好怕的。」

在弦的母親看來，護身符袋應該只是幫助年幼兒子成長的一時性道具。她大概作夢也想不到，兒子會將這句暗示當成心靈寄託，並隨年紀增長，更換袋中的物品，直到升上高中二年級的現在，都隨身攜帶。

在漫長的使用過程中，護身符袋嚴重褪色，多處縫線綻裂。儘管如此，護身符袋偏偏在昨天——弦睽違一年步出家門的日子，在外套口袋中破洞，不知不覺弄丟護身符袋的內容物，只能說是護身符有虧職守。

站在櫃檯前的弦垂肩露出沮喪的神情，守保彷彿在安慰他，溫柔地問：

「那封信上，有沒有寫收件人的姓名？」

「啊，有。那封信是給我的，上面有我的名字……用鉛筆寫的。」

「方便請教您的姓名嗎？」

「名字嗎？呃，好，名字是福森弦，信上的『福』和『弦』是用注音寫的。」

「ㄈㄨˊ森ㄒㄧㄢˊ……」

守保以說「青森縣」的音調低喃，一邊撥弄偏長的劉海。接著，他手一頓，與企鵝隱約有些相似的圓眼一亮。

「太好了，那件失物剛送來。」

「真的？」

弦的雙手情不自禁地撐著櫃檯，傾身向前。不愧是護身符，尋找過程猶如神助。「沒錯。」守保悠哉地點頭，視線移往拉門。

「撿到的客人剛剛走出門口，您沒在月台或階梯遇見嗎？」

弦搖搖頭，守保自言自語般低喃「還是去了臨海公園呢」，接著露出柔軟的笑容。

守保轉身走到置物櫃前，準備取出弦的失物時，響起一陣敲門聲。

翻找鑰匙串發出鏘鋃聲響，守保似乎沒注意到敲門聲。弦猶豫著要不要提醒守保，最後直接拉開門。

「不好意思……這個車站有洗手間嗎？」

伴隨著悠哉的話聲，擁有令人印象深刻的烏黑大眼、穿著制服的高中女生出現。做工不精的V領毛衣領口下，可看到淡藍水手領。蘇格蘭紋的百褶短裙下，則是裹在深藍長統襪中的細長雙腿。爲面前的美少女震懾，弦反射性後退，腰連同背包用力撞上櫃檯，痛得蹲下。高中女生雙眼圓睜，跟著蹲下。

「你不要緊吧？」

對方垂落在肩上的筆直黑髮飄來好聞的味道，長度與側邊頭髮相同的劉海，以大星星髮圈綁成一束，露出光潔的額頭。

高中女生凝視著弦，烏亮大眼掠過一道光芒。

「福森同學？」

「咦，是……沒錯，但……」

美少女的態度似乎對他頗有好感，這是戀愛遊戲的世界嗎？弦陷入混亂，按著腰站起。

此時，櫃檯後方傳來守保的話聲：「啊，找到了。」

守保捧著帶摺痕的信封折返，輕輕擱在櫃檯上後，輪流望向弦和高中女生。

「看來兩位已碰過面，眞是剛好。福森先生，將您的失物送來的，就是這位小姐。」

「非常感謝。」弦囁嚅著低頭致意。高中女生瞅著弦，露出親密的微笑。

「福森同學，好久不見。我是井藤，記得我嗎？」

「啊？不，呃……井藤……該、該不會是、井藤麻尋……同學？」

弦驚訝得結結巴巴。記憶中的井藤麻尋還是小學四年級，大大的圓框眼鏡，及大家戲稱「香菇頭」的馬桶蓋髮型為招牌特徵，是一本正經的班長。

弦僵立原地之際，水手服美少女拿起櫃檯上的信封，熟練地取出信紙。七年間弦反覆閱讀的那封信，用的是Kitty造型的信紙。高中女生撫過最下方的署名，讀出上面的名字。

「井藤麻尋。嗯，寫下這封信的確實是我。」

她羞澀的神情和垂頭的動作都非常可愛，弦一陣頭暈目眩。當成護身符的信，居然被寫信的當事人撿到，實在太難為情了。該用什麼表情與她交談？是說，我根本無法直視她的雙眼啊！

弦驚慌地按著腰，生硬轉身，穿過敞開的門口，衝出失物招領課。

「啊！」守保和麻尋不約而同出聲。

「福森先生，您還沒辦理領取失物的手續。」

聽到身後守保的呼喚，弦才發現沒帶走最重要的信，不禁咋舌，暗罵自己太慌張。

不拿回護身符，我有辦法繼續「冒險」嗎？

「就算辦不到，也只能硬著頭皮上了。」弦告訴自己，然後戴上耳機，通過剪票口，一路奔上通往月台的階梯。

弦眺望著車窗外一路延展的工業區及大海，在心中吶喊：「事情怎會變成這樣？」耳機不停重複播放著雄壯的進行曲，但弦根本沒有聆聽音樂，沉浸在旋律營造出的氣氛中的餘裕。

電車的長條座椅上，麻尋就坐在一旁。兩人視線不交會，也不交談。自電車從海狹間站發車後，兩人維持著這樣的狀態，隨電車搖晃，過了五分鐘以上。「為何會變成這樣？」弦滿心想哭，之所以能夠勉強忍耐尷尬的氣氛，全靠站在兩人面前的企鵝。

通知發車的美妙旋律——事後查到是〈SWEET MEMORIES〉，弦立刻下載這首曲子——流瀉而出時，企鵝搖搖晃晃上電車，弦大吃一驚。企鵝居然會搭電車遛達，根本超乎現實與遊戲，而是繪本的世界了，弦不禁目瞪口呆。企鵝注意到弦，帶著一本正經的表情，啪噠啪噠走近，挺起覆滿緻密白羽毛的胸脯佇立。

發車不久，麻尋從隔壁車廂走過來，默默在弦的旁邊坐下，企鵝表情不變地站著。乘客不多，座位和空間都綽綽有餘，但企鵝仍沒離開弦和麻尋面前。

企鵝身高不到七十公分，理所當然搆不到吊環，就算搆得到，以牠前肢的形狀也無法握住吊環。每當電車搖晃、剎車，企鵝會揚起前肢，用肉呼呼的腳蹼笨拙地保持平衡，可愛的模樣怎麼看都看不膩。發現企鵝身形不穩，快要跌倒，弦和麻尋便從左右兩側伸手扶牠。多虧企鵝，弦才撐過困窘的乘車時間。

不過，這樣的幸運只維持到支線的終點，也就是連接通往東京路線的轉乘站——油盥站。

由三節車廂組成的橘色電車一滑進油盥站月台，企鵝就早大夥一步，併起腳蹼跳下電車，搖搖晃晃走上轉乘其他電車的階梯，消失在剛放學的學生人潮中。

被留在支線月台的弦抓緊背包的肩帶，邁出腳步，卻在調低音量的旋律之間，聽見麻尋的黑色皮鞋聲響。

「妳要跟到哪裡？」

弦不由得轉身詢問。一緊張就會吐出失禮的話，是弦慣有的壞毛病。毫不意外地，麻尋的臉頰瞬間泛紅。

「我家也是在這個方向，福森同學應該知道吧？畢竟是住了四年的城鎮。」

麻尋提到的車站，位於東京高級住宅區，確實只能和弦搭同一條路線才能回家。弦連忙摘下耳機，低頭道歉。

「對不起，妳一直住在那裡？」

「嗯，還是相同的地方。」

「抱歉，那我搭下一班電車好了。」

「爲什麼？」

麻尋雙眼一瞪，五官分明的美少女生起氣格外有魄力。

「呃，因爲……」

走在一起會很尷尬，這種話即使是弦也說不出口。

兩人並肩爬上階梯，步向往東京方向列車的月台。跟支線的月台不同，這邊擠滿要回家的學生和主婦。弦凝神張望，卻找不到企鵝的身影，也許去別的月台了。

弦順著事態發展，待在麻尋身旁，與眾多陌生人一起排隊等電車進站。人群的壓迫感襲來，弦忍不住伸手揉揉鼻子，望著前方的麻尋低聲問：

「爲什麼不取回信？那是福森同學掉的吧？守保先生很傷腦筋喔。」

「因、因爲電車快來了。」

「騙人，之後你明明在車站等了三十分鐘。」

對，我騙人——弦總不可能承認，只好偷覷旁邊的麻尋。她苗條高眺，和差一點就一百七十公分的弦，視線幾乎同高。

弦吸一大口氣，面向前方，鼓起勇氣說出眞心話。

「抱歉，井藤同學本人突然出現，我嚇一跳，不知如何是好。」

弦察覺麻尋望向自己，垂落肩膀的黑髮大概滑散到背後，一股好聞的味道飄過他的鼻尖。這是什麼香味？洗髮精嗎？頭髮芳香噴霧之類的？還是女生這種生物天然的香氣？

弦陷入苦惱，完全漏聽麻尋的話，馬上惹來一陣叨念：「欸，你在聽嗎？」

「啊，抱歉，剛剛說什麼？」

弦慌慌張張地轉向麻尋，這次換麻尋別開視線。

「要說不知所措，我也一樣。畢竟我是來把十歲寫的情書，送還給當時喜歡的人。這種情況根本讓人羞得要命。」

寫信的當事人親口說出內容，雙方頓時低頭，一陣沉默。半晌，耳朵仍發燙的弦輕喃：

「抱歉。」

「眞是的，你別一直道歉啦。」

「抱……啊，不抱歉。」

弦連忙打自己一個巴掌。看著他的言行舉止，麻尋噗哧一笑。好不容易止住笑，她終於對上弦的視線，表情溫和許多。

兩人搭上前往東京的列車。車廂內非常擁擠，從尷尬的氣氛解脫的兩人，抓著吊環並肩交談。

「遺失那封信，代表你隨身帶著嗎？」

「嗯……很噁心吧？」

弦垂下頭，反正知道的人都會覺得「噁心」，乾脆一五一十全盤托出，於是連從小隨身攜帶的護身符袋也一併說了。

「我的信居然能放進護身符袋……眞是有點受寵若驚。」

「實際上，那封信對就像護身符。畢竟是我第一次收到的情書，今後大概再也不會收到。」

沒那回事。麻尋大概打算這麼說，但視線掃過弦，發現他不論體型或服裝都一副散漫鬆懈的模樣，又默默閉上嘴。看來，她奉行不空口安慰主義。

抱歉，我變成一個不怎麼樣的傢伙。

與十歲的模樣相比，麻尋出落成驚人的美少女。弦偷瞄一眼，肩膀重重一垮，暗暗向麻尋道歉。十歲的他並不出眾，最起碼能做到大家都能做到的事。每天上學，跟大家一起學習，下課、放學時間和假日就與朋友一起玩耍。偶爾與朋友吵架，然後和好。十歲的自己，竟能理所當然地做到這些理所當然般的事，弦總忍不住緬懷光輝歲月。

當時，在同一個教室共度時光的班長給的情書，是證明那段歲月並非幻影的證據，也是激勵弦的護身符。在弦心中，是冒險時不可或缺的護身符。

從感傷的氣氛中振作起來，弦開口詢問從再會時就一直很在意的事。

「妳在哪裡撿到那封信？」

送到海狹間站，代表是在那一帶的支線或本線撿到信。然而，住在東京、上東京的學校，麻尋爲何會搭乘可說是鄉下城鎮的電車，隱隱是個謎團。

「哎，因爲撿到的不是我。」

麻尋抓著吊環，注視車窗外，稀鬆平常地回答。她眨了眨睫毛修長的雙眼，望向弦，擺出笑容。

「班上同學喊著『我在來學校的電車裡撿到這種東西』，把信拿給我。對方一定讀過內容，信的末尾不是寫著我的全名嗎？」

「啊啊……」

「『井藤同學的情書掉嘍！』那個同學用全班都聽得到的音量大聲嚷嚷。」

「唔哇……」

「這是沒辦法的事。」麻尋制止想道歉的弦，乾笑幾聲。

「其實，我現在也在當班長。安全檢查時，我總是不講情面，所以遭班上同學排擠得滿嚴重。」

麻尋輕咬下唇，凝視窗外風景的側臉顯得凜然而美麗。遭班上同學排擠，似乎不足以動搖麻尋的信念。太耀眼了，妳眞是太耀眼了啊，班長。弦在心中感嘆，忽然想起小學四年級時，大家給麻尋取了「香菇班長」的綽號。差點笑出聲的弦連忙乾咳幾下，目光移向外頭的景色。

每次停車靠站，車廂內的氣氛和窗外的景色便益發洗練，讓人感受到正在朝東京前進。即使是網路購物成爲生活的一部分，在家中就能取得所有東西的時代，街道特有的空氣感，卻無論如何都無法改變，弦默默想著。或許是弦整日窩在家中，生活在網路遊戲的世界裡，才會有這種感覺，不過，都市果然就是都市，外地就是外地，鄉下就是鄉下，這不是好壞的問題，而是地方的差異會清楚體現在空氣感中。正因如此，自從轉校後，不曾再次到訪東京的弦愈來愈緊張。

麻尋從右手改換左手握住吊環，視線維持望向車窗，出聲詢問：

「接下來你要去哪裡？」

「秋葉原。」

弦猶豫片刻，沒自信掰出適當的理由，於是老實回答為了得到網路遊戲中的稀有道具，接受道具擁有者的委託，必須前往秋葉原幫忙辦事。

「網路上認識的人，拜託你去處理現實中的事？」

麻尋烏溜的大眼睜得更大，弦以為她驚訝得目瞪口呆，接下來她卻說出意想不到的話：

「沒問題嗎？這不是什麼騙局吧？」

我不太清楚網路上的事……麻尋嘴巴上這麼說，卻詳細舉出未曾謀面的網友引發的案件。

「你不是遭人利用來進行危險的交易吧？」

美少女嚴肅的神情中帶著擔憂，弦連忙放下背包、拉開拉鍊，確認昨天以冰雨電子郵件中的密碼，開啓新宿車站的密碼式置物櫃後取得的物品。

置物櫃中，放著一個印著家電量販店商標的塑膠袋。打開一看，塑膠袋裡裝著白色螢光棒、棉花糖、夜晚的工廠攝影集，及打印在Ａ４紙上的信，信中列出冰雨的指示。

「請帶著這些物品，前往以下地圖顯示的地方（是一家店！）。之後，請將能夠證明你去過的東西（照片檔案等），寄送到我的免費電子信箱，我就會把『魔劍死魂終結者』送給你。　冰雨」

文章下方，附上以紅旗標註地點的秋葉原周邊地圖。

麻尋從弦手上搶過那張紙，目光掃過一遍，接著反覆確認印著家電量販店商標的塑膠袋裡裝的物品，蹙起形狀標緻的眉毛。

弦怯怯開口：

「上面沒寫店名，所以我查不到。有那麼危險……嗎？」

「給指示的人的本名及長相一切不明，別說對方要你去的是怎樣的店，連店名都不清楚。我反倒想問福森同學，爲什麼會覺得沒問題？反倒、反倒、反倒喔。」

麻尋強勢逼問的模樣，隱約與過去被稱爲「香菇班長」的她重疊在一起。

通往秋葉原的轉乘站映入眼簾，在速度逐漸減慢的電車中，弦將塑膠袋收進背包，抓緊背包肩帶，舉起手對麻尋說：「那我先下車了。」

麻尋吃驚地問：

「你還是要去秋葉原嗎？」

「嗯，沒那柄劍，我就沒辦法為夥伴送別。」

「夥伴？」

「啊，呃……網遊的夥伴。有一款叫《巴比倫尼亞・奧德賽》的線上遊戲，我們一起玩了三年左右，對方的名字是eike.h。我剛開始玩這款遊戲，還是個等級很低的菜鳥時，對方常常找我組隊，參加各種活動。啊，『活動』指的是網遊世界的活動。然後，對方最近說要畢業了……所以，我們這些受過eike.h關照的人決定發起企畫，大家一起攻略某個迷宮當最後的活動，要去的人今晚七點在公會集合。這是我作為eike.h的左右手好好表現的最後機會，我一定要趕在七點前，拿到那柄能對付不死系怪物的劍。」

弦解釋時突然激動起來，音量逐漸變大。麻尋連忙伸出雙手，掌心往下，要弦冷靜。

「等、等一下，我不懂的部分太多，不曉得到底該說什麼……呃，總之『畢業』是指什麼？」

「砍掉遊戲帳號，不再登入遊戲的意思。」

「就是再也無法在遊戲世界中相見的意思吧，不過，那位叫……ei……s的人？」

「eike.h─」

「啊，抱歉。實際上，eike.h和福森同學一次都沒見過面吧？對方幾歲、從事哪種職業，甚至性別你都不知道吧？」

「嗯，但我們依舊是夥伴。如果不是eike.h，我恐怕連在網路世界都沒有容身之處。」

「『連在網路世界』？換句話說，福森同學覺得自己在現實世界沒有容身之處嗎？」

面對麻尋尖銳的質問，弦老實地點頭應一聲「嗯」。反正，到目前為止，盡是一些就算被認爲「噁心」也不奇怪的談話內容，弦沒打算隱瞞。

「畢竟我是個不去學校的家裡蹲嘛。」

麻尋屏氣，抬頭看向弦。她小聲低喃「容身之處」，烏黑的大眼中閃過光芒。

電車停下，車門滑開，不少乘客似乎都要下車。弦順著人潮，在轉乘的車站下車，麻尋尾隨下車。

「咦，井藤同學的家不是在……？」

麻尋擺出惡作劇的孩童般的表情，揚起笑容，露出潔白的牙齒。

「我想跟去看看，可以嗎？」

啊啊，我搞不好正置身在如詩如畫的青春中。弦按著暈眩的腦袋，恍惚地點點頭。

「我是無所謂啦，也沒什麼不好。」

才不是「也沒什麼不好」，應該是「請務必一起來」才對吧。弦暗暗吐槽自己，壓抑心中暴動的煩惱，搔了搔頭，麻尋忽然拉住他的胳膊。

「往秋葉原的電車在那邊。」

麻尋翩然轉身，邁出腳步。弦跟在她的身後，耳朵深處響起嘹亮的號角聲。他彷彿在暮色漸深的車站人潮中，看見一個視窗浮起，上面跑出一行文字：

「井藤麻尋加入隊伍，開啓新的冒險。」

對弦而言，秋葉原和其他街道一樣陌生。雖然在他還小時，喜歡親手組裝電腦的父親帶他來過一次，可惜他毫無印象。

弦先是爲五顏六色的高聳招牌震懾，緊接著，女性甜膩的嗓音和男性嘶啞的嗓音發出的各式吆喝聲，及沿街各種店家播放的音樂混和交融而成的洪水，讓他不禁卻步。

麻尋走在弦的身旁，一邊確認指示信上的地圖，一邊在手機上俐落調出導航地圖。她充滿自信地說「這邊」，看著手機快步前進。

走上一到星期日就會變成行人專用道——麻尋這麼告訴弦——的中央大道，在招牌上畫著卡漫風少女的咖啡店右轉，沿著小巷彎彎曲曲一路走下去，然後在一棟常見的住商混合大樓前，兩人依導航地圖的指示停下腳步。

「就是這裡？」

弦發出哀號般尖聲細語。大樓入口的大門雖然開著，樓梯和走廊卻一片昏暗，一盞燈也沒亮。環顧四周，找不到類似招牌的告示。弦鼓起勇氣踏進室內，映入眼中的是一面色彩搶眼的牆壁，以五顏六色的油漆噴滿藝術字體及圖畫。

「不妙、不妙、不妙、不妙……」

弦倒退數步，回到大樓外。麻尋歪著頭迎上前。

「怎麼？什麼東西不妙？」

「這棟大樓荒廢了，就像美國的那種……呃，貧民窟一樣。」

「這裡是日本喔。」

「但氣氛上完全就是廢墟啊。」

弦努力試圖說服麻尋，背包隨著他的動作晃動。老實說，弦覺得好可怕，根本不敢走進大樓。麻尋提到的各種「網路引發的案件」，在他的腦中迅速浮現。這就是死前看到的走馬燈嗎？我會死在這裡嗎？弦忍不住胡思亂想。

「廢墟是吧……」麻尋低聲複述，毫不畏懼地踏入大樓。

「井藤同學，快回來啊，很危險。」

「安靜。」

麻尋伸出纖長的食指抵住豐滿的下唇，接著指向腳邊。

「你沒聽到嗎？」

麻尋向弦招招手，弦只好戰戰兢兢地走進大樓。站在麻尋身旁，弦聽到腳邊確實傳來宛如地鳴的低音，及電子音般的尖銳聲音，地板甚至隨著震動。

「這是什麼？底下是邪惡組織的基地嗎？」

「基地蓋得這麼簡單易懂，也只會是三流組織吧。」

麻尋拋下這句話，無所畏懼地步下通往地下室的階梯。

「等一下……」弦小聲呼喚，急忙奔下樓梯，擋住麻尋。「我來走前面。」

雖然快哭出來，弦仍在麻尋面前挺起胸膛。麻尋頓時睜大雙眼，過意不去地聳聳肩。

「福森同學，不要緊的。其實，我知道這家店，之前在電視上看過。」

麻尋口中流瀉出一連串訊息，弦一時難以處理，露出一頭霧水的樣子。麻尋抓著他的肩膀，輕輕往前推。

「這是秋葉原常見的店，現在非常流行，電視上也介紹過，我們去瞧瞧吧。」

弦跟在麻尋身後，一步步走下通往地下的階梯。他在變得更暗的空間中伸出手，推開和牆壁一樣整面塗鴉的鐵門。

地震？腳底一陣晃動，弦不由自主繃緊身體，遲了一瞬，幾乎能感受到風壓的歡呼聲襲來，他陷入迷茫的狀態。半晌，弦終於搞清楚，抑悶的視野和心情，是由於狹小的房間裡，擠滿快塞不進去的人群——放眼望去全是男性。

「這到底是什麼情況？」弦應該喊了出來，卻完全聽不見自己的話聲。有人拍他肩膀兩下，轉過頭，看到雙頰泛紅的麻尋指著前方。弦連忙望向前方，發現一名少女站在充滿手工感的舞台上，沐浴在格外耀眼炙熱的燈光下。

少女綁著雙馬尾的頭頂上，結著大大的粉紅蝴蝶結，從黑色洋裝的公主袖伸出的手握緊麥克風，全神貫注地唱歌跳舞。每當她跳起、大喊、擺出姿勢，室內幾近缺氧的空氣就隆隆震動。

不曉得是不是擔心輸給歡呼聲，卡拉ＯＫ式的伴奏音量調得過高，滿室都是震耳欲聾的回音。即使如此，少女仍毫不在意地持續表演，小小的身體顯得愈來愈巨大。

節奏輕快的曲子結束，拍手聲和歡呼聲停歇，音響流瀉出震耳的緩慢前奏。弦看得目瞪口呆，麻尋拍拍他的肩膀，他才注意到周圍逐漸亮起白色光點。

麻尋的臉倏地湊近，一股好聞的味道掠過鼻尖，弦的耳邊傳來麻尋的聲音：

「你不是帶著嗎？」

「呃？」

「白色螢光棒，福森同學不也有類似的東西？」

麻尋輕敲弦的背後，弦「啊啊」地恍然大悟，急忙放下背包，從印著家電量販店標誌的塑膠袋拿出螢光棒。一旁的男子左右手指間都挾著螢光棒揮動，弦有樣學樣地握住螢光棒兩端彎折，伴隨清脆的一聲，螢光棒泛出朦朧的白光。

少女在舞臺上轉一圈後，一屁股坐在地上。弦分不清是舞步的表現方式，還是她已筋疲力竭。此時，間奏響起，群聚的男性整齊畫一地向少女舉起螢光棒，配合奇特的曲調吶喊。

「Daily、Lovely，神奇的露露醬！Salary、Carolie，煩惱的露露醬！即使如此，也不放棄當個小魔女！」

閉眼頹坐在舞台上的少女突然睜開雙眸，眸中隱含奇妙的氣勢和吸引力。少女宛如彈簧人偶般起身，以容易引起耳鳴的嬌甜高亢嗓音吶喊：

「沒有掃帚也能飛上天！小魔女偶像．露露醬，今天也爲了尋找笑容出發！愛情魔法、心跳加速、露露露露……大家都變得活力百倍！」

口號成功，場內歡呼聲轟然響起，氣氛非常熱烈，麻尋跟著拍起手。

「井藤同學知道她是誰嗎？」

「露露醬嗎？不知道，不過很好玩。這就是不在電視或廣播上演出，只在演唱會現場表演的『地下偶像』吧？」

麻尋臉上泛起紅暈，笑得十分開懷。或許和在場眾多男性一樣，露露醬也爲麻尋施了魔法。

舞台上，隨著間奏結束，露露醬站起，再次引吭高歌。她一邊唱，一邊把麥克風當成魔杖揮舞，彷彿在施展魔法，逐一點向每一個觀眾。魔杖比向自己時，大夥不閃也不逃，高喊對露露醬的鼓勵話語，還有人和露露醬擊掌。隨著露露醬拉近與支持者的距離，現場的反應益發熱烈，弦明顯感受到室內溫度節節上升。

空間如此狹小，說不定也是刻意的，弦在心中尋思。

配合周圍人們揮舞螢光棒，弦逐漸受到歡樂氣氛的感染。雖然常被籠統歸類爲「阿宅」，但弦只喜歡遊戲，對動漫及偶像不熟悉。不論是遊戲或漫畫，透過網路購物就能買到，所以弦一直過著足不出戶的生活，對秋葉原完全陌生。

不過，實際到現場，參加偶像的演唱會後，弦才發現其中的樂趣。親身體驗帶來的衝擊，能直接連結身心，讓人深深感受眼下這一刻。現在弦能夠理解，爲何有人會爲此著迷忘我。

一曲結束，呼吸尚未平復，露露醬雙手握著麥克風，嬌甜地開口：

「今天非常感謝大家，特地來參加我前園露露美的生日特別活動。」

「生日快樂」觀眾紛紛揚聲祝賀。此時，弦才注意到裝飾在舞台上的「Happy Birthday」字樣。

「接下來，就用白色——我的形象色——的棉花糖，跟大家乾杯。」

數名像是工作人員的西裝男子，從會場角落迅速走出，開始分發酒杯。弦和麻尋各拿一杯，發現其實是塑膠製，拿在手上比預想的輕。

注意到周圍的人將帶來的棉花糖放進酒杯，弦也取出塑膠袋中的棉花糖，拆開包裝後，在自己和麻尋的杯中各放三顆。

會場內播放起反覆唱著「Happy Birthday」的背景音樂，最前排一名上了年紀的觀眾向後轉，以奇異的腔調發出邀請：「大家一起說唷。」

由於「喜愛露露醬」這項共通點而連繫在一起的觀眾，紛紛高舉酒杯，齊聲喊著「生日快樂，露露醬！」隨後緩緩傾杯，宛如喝飲料般吃下棉花糖。

弦和麻尋慢一拍，急忙吞下三顆棉花糖，嘴塞滿棉花糖的弦只覺得難受，根本無法品嘗味道。

露露醬笑咪咪地環視觀眾，最後緩慢仰起酒杯，一口氣吃光五顆棉花糖。地下偶像眞是令人敬畏，弦忍不住心想。

之後，露露醬又唱三首激昂的曲子——據她所說，這些並非原創曲，而是動畫主題曲的翻唱——並隨著節奏舞動身體。接下來，舞台直接成爲「拍照會」的場地。這個活動，是用拍立得相機爲客人和露露醬留下合照，還可在規定的時間內和露露醬聊天。要參加這個拍照會，一人需要一千圓。弦向工作人員支付自己和麻尋的份，一邊想著只要兩千圓，就能享受露露醬的現場演唱會還附上魔劍，眞是一筆划算的交易。

「這想必是要給露露醬的禮物吧。」

麻尋受不了室內的熱氣，脫下V領毛衣綁在腰際。只見鼻下浮起一層薄汗的她，指向塑膠袋裡的夜間工廠攝影集。

弦點點頭，低聲應一句：「冰雨是露露醬的粉絲吧。」麻尋聞言，撥開披肩黑髮，疑惑地歪著頭。

「那個人爲什麼不自己來？該不會是生病了？」

弦剛要解釋，又決定保持沉默。麻尋身上的水手服水藍衣領，凸顯出她的美麗鎖骨，弦幾乎無法直視。她別在左胸的校章上，刻著連弦都知道的貴族女子學校名稱。

妳無法理解吧，畢竟井藤同學不管是外貌、性格或頭腦都好得沒話說，優渥的環境和充滿希望的未來感覺都會自動上門。位於現充等級頂點，讓班上同學羨慕到排擠的人是不會懂的。

冰雨沒親自來到現場，不是生病之類嚴重的理由，也不是臨時有急事。弦隱約猜得出眞相。

窩在家中閉門不出，雖然鬱悶，卻十分安心。泥巴濕軟骯髒，但一直浸在裡頭相當溫暖舒適。一開始，總覺得隨時都能從泥巴中再度站起，一旦起身，赫然發現自己竟滿身髒汙，變得脆弱不堪。放眼所見，每個人都像是威脅，無法再次待在人群中，最終失去在現實社會裡的容身之處。

然而，弦的內心深處有著不同的聲音。像我這種人，即使聽著《巴比倫尼亞・奧德賽》的遊戲配樂鼓舞自己，仍需要女生陪同才能勉強待在此處，可能沒什麼資格大放厥詞。不過，對露露醬的愛愈強烈，站在這裡的喜悅一定會更大，甚至勝過走出家門的恐懼。

弦由衷希望，冰雨能夠親自來秋葉原一趟，體驗露露醬的馬尾揮灑而出的汗水、彷彿會震破鼓膜的音量，及那副小小身軀載歌載舞時展現的奇妙魄力。

看到作爲禮物的夜間工廠攝影集時，露露醬的開心程度，讓弦認識到冰雨是多麼熱心死忠的粉絲。露露醬雀躍得蹦蹦跳跳，排隊的粉絲都忍不住倒退三步。

「好厲害！你怎麼知道我是工廠迷？我只在出道後沒多久，在網路廣播上講過一次，你居然記得嗎？」

翻開弦遞出的攝影集，露露醬就看得欲罷不能，工作人員忍不住出聲提醒。

「我朋友……呃，他今天有緊要的事沒辦法來，拜託我轉交這本攝影集。露露醬說的每一個字，或唱的每一首歌，他一定都深深記在心裡。」

儘管結結巴巴，弦仍拚命試著傳達自己的意思。露露醬輕輕包住弦的手，和他握了握手，露出虎牙微笑：「得好好向你朋友道謝。」

除此之外，原本規定一人只能拍一張合照，不過露露醬和弦合照後，她說著「這是要給你朋友的」，又拿拍立得拍一張獨照。露露醬巧妙運用照明，藉斜上方的打光，讓想瘦一些的地方顯得更瘦，想放大一些的地方顯得更大。

「大夥都稱讚我不愧是小魔女，自拍技術簡直和魔法一樣厲害。」

露露醬淘氣地笑著說。雖然和麻尋不同，不是從任何角度都無可挑剔的美少女，卻擁有能夠吸引不特定多數人的特質。

這就是偶像吧，弦在心中暗想。

「請加油喔。」

或許這是弦從出生以來，第一次能夠如此眞誠地說出這句話。他握緊露露醬的兩張拍立得照片，心情舒暢地步下舞台。

弦拿出手機確認時間，不知不覺已過五點半。他驀地想起沉醉在露露醬的表演而拋諸腦後的時間限制。對了，原本我想在今晚七點前回到家。搭電車、吃晚餐、聯絡冰雨拿到「死魂終結者」，弦考慮各種因素再逆推，發現差不多該出發了，不然會來不及。

「井藤同學在哪裡？」

弦一會踮腳一會蹲下，在擠滿狹小房間的男性觀眾中，尋找先一步拍完合照的麻尋。終於找到麻尋，不知何時她又穿上V領毛衣，在靠近舞台後方的角落，全神貫注地與一名穿繽紛馬賽克針織洋裝的女子交談。由於恰巧背對著弦，麻尋沒注意到他。弦鼓不起勇氣插話，只好不停確認手機上的時間，煩躁地在一旁踱步，連連發出輕嘆乾等。

心急如焚的二十五分鐘過去，當弦重重嘆氣，打算不管麻尋直接回家時，麻尋轉過身。她聽到我的嘆氣了嗎？不會吧，弦不知所措。麻尋馬上發現弦的身影，精神奕奕地揮手。

「啊，找到了。福森同學，在這裡。」

穿馬賽克洋裝的女子站在麻尋身旁，雙手環胸看著弦。對方打量的目光有如尖刺，他伸手揉了揉鼻子。

來到兩人面前，不知名的女子出聲問：「男朋友嗎？」對方年紀約莫二十出頭，化妝誇張，舉止粗魯，說話不太客氣，卻不可思議地擁有一種氣度。

「不，我們是七年不見的小學同班同學，是他帶我來的。」

「哦，露露醬的粉絲嘛。」

女子得意地點點頭。弦雖然想說「不是」，但解釋前因後果太麻煩，於是頷首附和。

沒想到，女子突然抱住弦。隱藏在寬鬆連身洋裝下的姣好身軀貼緊弦，一股和麻尋截然不同的辛辣調香氣襲來，弦不禁屏住呼吸，一時不知發生什麼事。

「謝啦，少年！我要感謝你帶來難得的逸才。」

「ㄧˋ ㄘㄞˊ？」

麻尋彷彿等在一旁，見那名女子鬆開懷抱，便遞給弦一樣東西。接過一看，弦發現是一張名片，淡粉紅的紙上印著可愛的卡通風女生插圖。

「Taraco股份有限公司……社長……花山櫻子……」

「那是本名喔。」

出奇年輕的女社長花山櫻子，向結結巴巴念出名片頭銜的弦露齒一笑，又盤起雙手。

「我們公司經營這個可舉辦演唱會的場地，還專門負責偶像的音樂製作，從發掘人才到培育全部包辦。」

「我也被發掘了。」

麻尋補充得太隨意，弦幾乎漏聽，半晌才擠出一聲「呃……」。花山社長嘻嘻笑著，對麻尋說：「先這樣，我會再聯絡。」不知爲何，她用力拍一下弦的背，細跟高跟鞋踩著彷彿要刺進地面的步伐，離開充滿露露醬粉絲散發的熱氣的狹小空間。

留下的麻尋垂眼詢問：「嚇一跳嗎？」弦點點頭，反問：「井藤同學眞的要當地下偶像嗎？」

「這棟建築的樓上是提供輕食的咖啡店，沒有登台活動時，偶像們就會在那裡工作。」

「哦……」

弦得不到麻尋的正面回覆，曖昧地應一聲。麻尋的說明速度逐漸變快。

「換句話說，就算是新人也能拿到薪水，還提供宿舍。只要節省一點，甚至能自立生活。」

弦恍惚注視麻尋迅速開闔的嘴巴。確實，現在的麻尋是走在路上，一定會吸引眾人目光的美少女，星探會來搭話也不奇怪。不過，和麻尋短暫的相處中，弦察覺眼前的人，仍不時展現小學戴圓框眼鏡、頂著蘑菇頭主持班會的班長的一面。弦無論如何都無法將當時的班長，和以地下偶像爲目標的志向連結在一起。

「井藤同學眞的想成爲偶像嗎？」

弦鼓起勇氣再次詢問，麻尋定定注視著他，然後毫無預兆地轉身離開。

「咦？等等，井藤同學？」

弦將露露醬和興奮的粉絲們留在身後，慌忙跟著離開，爬上樓梯走出大樓。外頭的天色已暗，T恤外搭法蘭絨襯衫的穿著有點冷，弦打了個寒顫，加快腳步以免追丟麻尋。

麻尋穿過小巷，踏上中央大道。大小電器行林立的寬廣街道上，充塞著從公司或學校回家的行人及車流。

「等一下，井藤同學。」

人潮將兩人愈沖愈遠，情急之下，弦出聲呼喚。話音剛落，邁開長腿迅速前進的麻尋終於停步，制服短裙隨她轉身的動作翻飛。

「我不知道啦。」

「呃？」

麻尋突然爆發出宛如怒吼的大喊，弦渾身一僵。接著，麻尋再次高喊：

「我根本不知道自己想不想當偶像，但我覺得現在不做不行……因為我得自立生活。」

麻尋的聲音消失在林立的電器行播放的音樂與叫賣聲中，並未引來太多目光，不過，在道路中央突然停下似乎造成往來行人的困擾。麻尋接連遭到五人碰撞，身形一晃。

弦連忙拉住麻尋的毛衣袖子，以免她摔倒。料想麻尋會揮開，弦馬上縮手，麻尋卻一把抓住，弦嚇一跳。

「福森同學，你不是趕時間嗎？」

「啊？嗯，是的。」

弦單手掏出手機，看到螢幕顯示18:26，頓時手腳發冷。和花山社長交談、遭麻尋耍得團團轉，耗費不少時間。怎麼辦？這樣來不及。既然如此，在附近找家網咖……

「我們朝車站前進吧。」

麻尋彷彿在對慌張不安的弦下達指示，果斷開口，然後自然無比地握住弦的手。打從幼稚園後，弦就不曾牽女生的手，只覺得另一隻手十分冰涼，意外地骨節分明。

弦和麻尋手牽手，走在秋葉原的街道上。即使流過汗，麻尋的黑髮依舊飄散著一股好聞的味道。弦嗅著香氣，心想「就算死掉也無所謂」。麻尋對弦的想法一無所知，不發一語地往前走。弦只能看到她漂亮的側臉。

弦發現掌心冒出量不尋常的汗，連忙找話題：

「學校那邊呢？學生從事藝能活動，沒問題嗎？」

「我想應該不行，不過只要轉學就好，大不了中輟。」

麻尋的決心竟如此堅定？弦不禁疑惑，繼續道：

「父母那邊，妳打算怎麼辦？」

麻尋的手突然一緊，腳下不停地說著：

「他們終究會感到開心吧。畢竟我獨立生活，對他們比較好。」

車站出現在視野內，隨著前往剪票口的人潮，麻尋加快腳步。弦一陣焦躁，覺得該說什麼，卻找不到合適的話語。

來到剪票口，麻尋詢問「福森同學是搭ＪＲ吧」，見弦點頭，便拋下一句「那我搭地下鐵」。

「掰掰。」麻尋毫不猶豫地鬆手，弦連忙抓住。

「呃，等等。」弦將麻尋拉往不會擋到行人的地方。好不容易鼓起勇氣拉住麻尋，他卻想不出該說什麼，冷汗涔涔冒出。極度緊張下，弦不停搓揉鼻子。

「怎麼啦？」

弦覺得自己彷彿會被吸進麻尋的烏亮大眼，於是閉上雙眸，在心中數完「一、二、三」後張開，啞聲開口：

「井藤同學成爲偶像前，我有件事想說。」

「嗯？」

「我喜歡妳。」

沉默降臨。告白的同時，弦低下頭，看不到麻尋的表情。正因如此，各種想法和回憶在他腦袋裡逐漸膨脹。

收到擔任班長的麻尋給的情書時，弦不懂珍惜，只是像小學四年級的小男生，感到難爲情和不知所措，不曉得隔天該用什麼表情和班長交談，腦袋一團混亂。至今弦依然記得，之後沒過多久，因父母的工作必須轉學，他鬆一口氣的心情。

上了國中，弦漸漸後悔對麻尋太失禮。當時，他煩惱著無法打好人際關係，突然想起那封情書。過去毫無困難地融入班級，還有女生對他抱持好感，甚至理所當然地擁有容身之處，簡直是奇蹟。

即使在搬家後，弦仍保存著麻尋的情書，當成勳章一般，不時將收藏在抽屜中的情書拿出來重讀。小學四年級時，只是草草瞥過的麻尋純粹的好感，讓在國中無人理睬的弦心頭一陣溫暖。

不過，一切都太遲了。當時，弦認爲恐怕沒機會再見到井藤麻尋，就算見面，麻尋也不可能懷抱與小學四年級時相同的心情。麻尋八成很討厭他，不然就是將他拋諸腦後，或者，希望他只存在回憶中。不論是哪一種，自從窩在家中，弦的長相、身體和精神都變得懶散鬆懈。一旦看到現在的弦，麻尋只會感到幻滅。所以，弦勸戒自己，即使掙扎也毫無意義，並將情書放進護身符袋，期盼情書能夠守護他熬過充滿挫折感的每一天。

如今，弦深深覺得在現實世界失去容身之處。遲遲交不到朋友，即使交到朋友，對方往往爲小小的誤會拂袖而去。在升學考試中失敗，進了非第一志願的學校，卻一直窩在家裡……經歷挫折連連的日子，弦漸漸感到沒有容身之所。生活宛如在爛泥中打滾，弦多次幾近絕望。這種時候，護身符袋中的情書總提醒弦，曾經有人對他抱持好感，成爲他最後的依靠。弦沒對人類心生厭惡，沒自暴自棄，可以說都要感謝井藤麻尋。

今天，由於弦弄丟那封情書，才能再次見到麻尋。灰色的現實染上宛如原色——好比花山社長身上洋裝的顏色——那樣鮮豔的色彩。

簡單地講，弦就是想向麻尋傳達這些感受。他焦躁地嘗試好好說明，為何最後會脫口而出「我喜歡妳」？弦難以解釋，不過他確擁有「喜歡」的心情，所以不後悔，直到聽見麻尋下一句話。

「所以呢？」麻尋一派冷靜，不驚訝、沒發怒，也沒一絲喜悅，更沒表現出害羞的樣子。反問弦的話聲中不帶半點溫度。

「咦，所以？呃，嗯……」

「你說喜歡我，所以呢？」

弦不由得抬起頭，對上麻尋的視線。她的烏亮大眼炯炯發亮。

「你喜歡我，希望我不要當偶像嗎？」

「不，我沒那個意思。」

「那是什麼意思？『喜歡』接下來是什麼？想展開交往？想要結婚？你是抱著這樣的心情嗎？不是吧？」

麻尋盯著弦游移的眼神，丟下這句話。

「現實生活中，不是說完『我喜歡妳』就結束。畢竟接下來不會跑出片尾音樂，播放製作人員名單。」

「對不起……」

弦一陣羞愧，低頭向麻尋道歉。其實，弦搞不懂只是告白，為何最後會變成向對方道歉？不過，他怕麻尋更生氣，於是決定道歉。

麻尋看著弦，跟著低下頭。

「我才抱歉……不過，我實在沒心力談戀愛。」

弦戰戰兢兢抬起頭，只見麻尋露出班長的神情，不自在地扯著V領毛衣的袖子。

「福森同學，你說過沒有容身之處吧？我也一樣，在家裡我同樣沒有容身之處。」

聽到出乎意料的事實，弦頓時忘記傻氣告白的尷尬，注視著麻尋。

「我的父母處得不太好，從以前就是這樣。唔，從我和福森同學同班時，感情就不融洽。」

麻尋宛如說明別人家的事，淡淡道出雙親都有工作，而且從很久以前就在各自的交友關係中，找到等同另一半的異性。

「我思考許久，是我不好嗎？只要我當乖孩子，父母是不是就會在家中露出笑容？我會當班長，或去讀傳聞很難考的私立女校，全部……雖然不全是如此，不過，其中一定有一部分是爲了父母。成爲他們的『榮耀』，他們可能會再愛我，很小孩子氣的膚淺想法吧。」

「一點都不膚淺，也不小孩子氣……應該說，井藤同學確實是小孩。」

弦努力擠出話語，麻尋放鬆下來，「呵」地露出潔白的牙齒。

「謝謝，不過我決定不再當小孩。爲了顧及體面，他們才回到我所在的家裡，我想解放他們，讓自己得到自由。雖然害怕、眞的很害怕，但我希望在家之外，打造另一個容身之處。」

原來麻尋是爲此才打算自立生活，弦點頭表示理解。現在的這個國家，高中生能夠馬上投入的職場，選擇「偶像」應該沒錯。儘管是一條伴隨著「受歡迎」爲前提的嚴苛道路，但沒辦法，高中生想自立生活原本就不容易。

「我一直在考慮這件事，今天終於能下定決心，全要感謝福森同學。福森同學帶我來秋葉原，我才能摸索出具體一點的自立方法，謝謝。」

接著，麻尋從書包中取出裝著定期車票的票夾，輕輕在胸前揮手。

「那我先走一步。」

弦想不到挽留的話語，只能「唔喔，嗯」地發出近似呻吟的聲音回應，半舉起手揮別。

弦垂下目光，突然注意到逐漸遠去的麻尋用的票夾，跟情書的信封和信紙是相同的Kitty圖案。一種好似指甲刮黑板的感覺，在弦的心中擴散。

難道沒有任何我能爲麻尋同學做的事嗎?

弦難受地目送步下階梯離去的麻尋背影，忽然間，一聲低沉的「啊」在身旁響起，隨後唰啦一聲，熱呼呼的東西潑上弦的頭。緊接著，一股高湯味猛然襲來。切成小塊的竹輪、白蘿蔔及蒟蒻等食材，紛紛從頭頂掉下，散落一地。

弦小心翼翼地轉頭一看，和一個二十幾歲的男子對上視線。對方膝蓋著地，愣愣張開嘴巴，身旁還滾落幾乎沒剩多少的黑輪罐頭。

看來是絆倒或失去平衡，手上的黑輪罐頭順勢飛出，在空中揮灑的黑輪料及湯汁就全淋到弦的頭上。

湯汁流進法蘭絨襯衫的領口，一路流下背脊，弦一陣雞皮疙瘩。他連忙望向通往地下鐵的階梯，不過麻尋的身影早消失無蹤。

弦呆呆站在原地，不曉得到底該怎麼辦。男子走到弦的身前，只見他穿著附有一堆口袋的軍用背心，每一個口袋都啷啷噹噹地別著畫上可愛女孩的動漫胸章。

「抱歉，你還好吧？」

「啊，嗯。」

其實，弦的狀況不管怎麼看都不算「還好」，但他仍點點頭。看到對方背心上的大量胸章，他瞬間怒氣全消。

「太好了……啊，請用這個。」

男人從牛仔褲後袋中，掏出畫著和胸章同一個女性角色的面紙，塞進弦的手裡，丟下一句「我接下來要去參加活動」，頷首致意便跑走。

聽到「活動」這個詞，弦赫然抬頭。頂著還在滴湯汁的頭，他匆匆確認手機螢幕上的時間，倒抽一口涼氣。

七點三分，當弦在現實世界中忙得團團轉時，線上遊戲《巴比倫尼亞・奧德賽》裡，eike.h的送別會兼石之庭迷宮冒險已展開。

立刻衝進網咖登入遊戲？不，沒用，弦思考五秒直接放棄。即使登入遊戲也無法加入冒險隊伍，而且能夠加強攻擊迷宮中的怪物、成爲eike.h助力的魔劍「死魂終結者」不在手上。更何況，他沒勇氣頂著一頭黑輪味走進網咖。

唉，弦仰頭望向天空，深深嘆一口氣。白天低垂密布，讓人心情鬱悶的雲朵，入夜後依然徘徊不去，天空中看不到半顆星星。

遊戲結束，他終究連網路上的容身之處也失去。

弦感到氣力隨著嘆息逸散，手腳和身體十分沉重。今天眞是做了一堆不像自己的事情啊，弦再次想著。

頂著一頭黑輪味，弦搖搖晃晃地搭了將近一小時的電車，身心俱疲地回到海狹間車站。打開失物招領課如變色龍般與牆壁同化的拉門，一股惡臭撲鼻而來，弦不由自主後退。那彷彿是氨味和魚腐爛的氣味混在一起，十分難聞。

「啊，福森先生，恭候多時了。」

櫃檯後方輕柔地響起帶有透明感的招呼聲，發話的是那名紅髮青年。他和魚販一樣一身橡膠圍裙、手套和長統靴的打扮，拿著地板刷清洗地面。不管怎麼看，失物招領課職員守保，都不像在「恭候」別人。

「請問……」

弦捂著鼻子和嘴巴，吞吞吐吐地開口。紅髮的失物招領課職員看著弦的模樣，露出柔和的微笑低下頭。

「抱歉，企鵝大小便後一定會留下氣味。」

看來，守保是在清理企鵝的排泄物。與其說是失物招領課，倒不如說是生物飼育課。

弦捏著鼻子問：

「沒辦法教企鵝上廁所嗎？」

「沒辦法耶。企鵝基本上是野生動物，很隨心所欲。」

弦反射性地想起家裡的貓呼嚕。雖然不是特別聰明，不過上廁所從未失敗。弦常聽人說，貓尿有一股強烈的臭味，但貓砂和寵物專用尿墊都有除臭功能，所以他還不曾為貓的排泄物苦惱。

「畢竟企鵝不是寵物。」

「是的。」

不知為何，弦和守保都點點頭。大概是察覺自己成為話題中心，當事者的企鵝鑽過櫃檯，探出頭。只見牠歪歪頭，烏溜溜的雙眼凝視弦。不曉得是靜電，還是睡亂的翹毛，企鵝一身泛著光澤的羽毛，只有頭頂的毛翹起。可愛，好可愛，就算不是寵物，也讓人想疼愛。

弦輕輕撫弄企鵝的翹毛。企鵝垂下橘色嘴喙，舒服地瞇起眼。

趁著弦和企鵝玩耍，守保俐落拖完地，噴上消臭劑，然後抽動鼻子聞了聞。

「咦，還是有一股味道。這味道是……黑輪？」

「啊，那是我。」

弦尷尬地舉起手，說明頭上被潑了黑輪的意外。

守保的嘴唇柔軟地描繪波浪的線條，揚起嘴角。偏長的劉海隨著晃動，他說著「如果您不介意……」，一邊取下圍裙和手套。

「要不要一起去澡堂？」

「呃？」

「啊，我今天的工作結束了，打算去澡堂一趟，搭上空的電車很就能抵達。如果時間上沒問題，您也想清爽回家，我剛好有免費優惠券，毛巾之類可直接向店家借用。」

「喔，那麼……」

見弦點點頭，守保換成皮鞋，脫下別著名牌的灰色外套，從背包取出防風外套穿上，然後回到弦和企鵝旁邊，伸手輕輕放在企鵝頭頂。

「麻煩你看一下家。」

雖然沒點頭回應，企鵝卻左右搖晃著身體讓開……在弦的眼中，映出的就是這樣一幕景象。

從支線與多條本線相交的油盥站換搭東川浪線，就能抵達名爲「富士見澡堂」的大眾澡堂。雖然守保說「很快」，不過弦覺得搭電車將近二十分鐘。

從氣派的大門到延伸的細石路，豪華的澡堂外觀，讓第一次來的弦屏氣折服。得知附設美食區、按摩療癒區、網咖和小型便利商店，弦有些亢奮地讚嘆：「眞不愧是超級澡堂。」

工作人員年齡層偏高，年紀與弦的父母差不多，甚至更大。守保似乎是常客，從結帳櫃檯到更衣處，除了工作人員之外，還有看似熟客的老人家接連向他打招呼。

弦在更衣處換下滿是黑輪味的衣服，拉開通往浴池的磨砂玻璃門。白色霧氣繚繞，室內迴響著熱水流動聲，弦立刻感受到身體逐漸放鬆。其實，弦並不特別喜歡泡澡，或許這就是所謂日本人的DNA吧？弦暗暗想著。

弦選了守保旁邊的位子沖洗身體。守保年紀比弦大，身材卻比弦更像少年。弦懷著有些低落的心情，仔細清洗淋上黑輪的頭。

將身體洗過一遍，弦往浴池移動。不負超級澡堂之名，浴池的種類不少。可能恰巧錯開使用時間，或本來顧客就不多，每個浴池都空無一人。弦一陣開心，幹勁十足地決定每一個浴池都泡泡看。

在井藤同學面前老是丟臉，還錯過eike.h的送別活動，這下就來好好洗去倒楣一整天的塵埃，弦暗忖著。

弦逐一嘗試會產生超音波的氣泡浴、刺激穴道的水柱沖擊池，及據說有美容效果的乳白色溫泉。一旁的守保則悠哉泡在漆黑混濁的天然溫泉大浴池中。

不久後，弦嘗試完所有浴池，呼著氣踏進大浴池。守保緩緩抬頭望向弦，由於他從脖子以下都浸在黑色溫泉中，像一顆漂浮的人頭。

「福森先生喜歡大眾澡堂嗎？」

「也不是，只是我第一次來這種地方，覺得有點新奇，忍不住……」

弦難為情地撥弄溫泉水，守保揚聲笑道：

「我很喜歡大眾澡堂，尤其是這家富士見澡堂。畢竟能看見這片風景。」守保指向正面的牆壁。

剛才沉迷於嘗試各種浴池，此刻弦才注意到牆上那幅被稱為油漆畫的巨大富士山。富士山是一般老式澡堂常見的圖案，不過富士見澡堂的油漆畫，是在富士山的周圍加上艾菲爾鐵塔、自由女神像、金字塔、萬里長城、大笨鐘、魚尾獅、吳哥窟、復活節島石像、比薩斜塔等觀光名勝。

「還真是奇特。」

聽到弦坦率的感想，守保軟綿綿地笑起來，翹著嘴唇詢問：

「福森先生，您要領回失物，還是寄放在失物招領課？」

「呃……」

這麼一提，弦驚覺大老遠跑回海狹間車站，居然忘記領回重要的失物。「啊——」弦呻吟一聲，在濁黑的溫泉中嘩啦嘩啦濺起水花。

「寄放是什麼意思？以後可能會廢棄處分掉嗎？」

「視情況而定，也可永久存放在敝車站或公司總部的倉庫。」

守保的話出乎弦的意料，他的心情一陣激盪。與麻尋重逢，做出少根筋的告白，痛感自身的無力後，弦覺得不能再依賴麻尋給的情書，緬懷情書代表的過去成功的自己。起碼弦非常確定，今後不會帶著麻尋的情書當護身符。

即使如此，弦不想冒著在家人面前曝光的風險，又捨不得丟掉。考慮各種方法後，弦決定交給守保：「我想寄放在失物招領課。」

「永久性的嗎？」

偏長的劉海掛著水珠，守保迅速眨幾下眼。面對守保的問題，弦虛弱地搖搖頭。

「我也不知道。如果一輩子都找不到容身之處，或許會永久寄放在失物招領課。」

「容身之處？」

「是的。」

間隔響起的話語在澡堂裡迴盪，逐漸散逸在空氣中。弦和守保並肩眺望牆上的油漆畫。從清洗身體區傳來匡隆一聲，臉盆滾落。白色霧氣瀰漫，視野一片朦朧，幾乎看不到人影，不過顯然有其他客人。

半晌後，守保出聲：

「福森先生現在的容身之處，就是富士見澡堂吧。」

「我說的容身之處，不是那個意思。」弦說到一半，守保露出親切的笑容，點點頭表示「我知道」，接著指向油漆畫。

「這些地方我全親眼見識過。法國、美國、埃及、中國、英國、新加坡……我去過上面的每一個國家。」

「喔……」

這是炫耀嗎？儘管十分困惑，弦仍曖昧地點頭。守保舒適地瞇起眼，繼續說下去。

「其實，當初來到這家大眾澡堂時，我連富士山都沒看過。」

「咦？要是住在這一帶，冬季晴朗的日子，不是看得到富士山嗎？雖然機率有點小。」

「看得到喔。不過，那時我只能看到白色天花板，真的很痛苦。我一直在思考，自己不屬於這裡。」

守保搔搔紅髮，悠哉的語氣讓人感受不到一絲悲愴。話中的「痛苦」，聽起來一點都不痛苦，但弦不認為守保在撒謊。不曉得該怎麼回應，弦呆呆眺望著油漆畫。此時，守保又說一句「總之」，繼續道：

「第一次看到這幅畫，我默默想著，等我能夠自由活動，一定要去親眼瞧瞧上面所有的地方。只要走遍世界，一定會找到最適合我的容身之處。」

「難不成沒找到？」

弦小心翼翼地問。「事與願違。」守保一副萬分遺憾的表情，從溫泉中伸出雙手輕甩，水花飛上弦的鼻尖。

「我發現繞了世界一周，還是回到富士見澡堂，泡在浴池裡最放鬆。」

「那不是……單純泡澡放鬆而已嗎？」

「或許吧。唔，其實是什麼都無所謂。」

守保乾脆地回答，從正在擦拭鼻頭水滴的弦身旁站起。由於在溫泉中泡得暖呼呼，白皙肌膚染上一層淡淡桃紅。

「只要認爲當下所在的地方，就是自己的容身之處，心情便會比較輕鬆。而且，只要擁有想珍惜自己和他人緣分的念頭，從那一瞬間起，就不再是孤單一人。」

「當下所在的地方、和他人的緣分……」

弦鼻頭浮著一層薄汗，喃喃自語。守保帶著韻律複述一遍「當下所在的地方、和他人的緣分」，然後在腰際圍上毛巾，出聲問：「要不要出去了？」

望著走向更衣處的守保微微泛起粉紅色的背部，弦急急忙忙開口：

「不好意思……我決定還是領回失物……可以嗎？」

守保轉過身，像鴨子一樣翹起嘴唇回答「當然」，露出笑容。

在更衣處向守保道別，弦頂著還沒全乾的頭髮到附設的便利商店買東西，隨後走進澡堂內的網咖。

窩進狹窄得像駕駛艙的包廂，弦拿出向守保領回的信封平放在電腦桌上。爲了方便「隨時歸還」弦的失物，守保將領取手續需要的文件一起帶來澡堂。

弦大大吸一口氣，愼重地打開印著Kitty圖案、帶有幾道摺痕的陳舊信封，抽出Kitty造型的信紙。在信紙的最下方，找到麻尋以小學生的字跡寫下的地址。麻尋提過一直住在同一個地方，照理來說，只要寄到這個地址就行。弦取出在便利商店買的素色信紙和信封，寫下心中的一字一句。

這是給即將成爲偶像明星的麻尋的粉絲信。

一封寫給今後要靠自己的雙腳朝未來邁進，創造屬於自己的容身之處的少女的信。

現在的弦或許無法替麻尋做任何事，也幫不上忙。正因如此，他才要懷抱敬意與謝意，寫粉絲信給與自己有緣的麻尋，告訴她「妳不是孤單一人」，同時體會「自己並非孤單一人」。

弦捨棄電子郵件，選擇親手寫信。寫的不是情書，而是粉絲信。振筆疾書的過程中，心情逐漸平靜。無能爲力，只能寫粉絲信——認清這就是目前自己所在的地方，焦躁感便隨之消失。

弦在信封上寫明郵遞區號、住址，最後是「井藤麻尋小姐　收」，擱下筆。寫好了，接下來貼上郵票，趕在麻尋搬出家裡前寄達就好。

寫完給麻尋的信，弦打開電腦，準備將用手機拍下的他和露露醬的合照檔案，寄到冰雨的電子郵件地址。除此之外，他加上露露醬爲冰雨拍的個人照，補充幾句說明，一併寄給冰雨。弦猶豫片刻，又附上在海狹間車站拍下的企鵝，及自家的貓呼嚕的照片。喜歡貓的冰雨，應該也會喜歡這隻企鵝，弦懷著毫無根據的自信這麼想。

弦在郵件中，簡單寫下慶生活動的情況、弦對露露醬的印象，及露露醬收到冰雨選贈的夜間工廠攝影集是多麼高興。他心一橫，留下自己的本名和手機號碼，並告訴冰雨，在那個表演場所也有喜歡的偶像，邀請他下次一起參加演唱會或活動。

搞不好他連在網路世界都失去容身之處，正因如此，才要向因緣際會產生連結的人——就算對方不把弦放在心上，就算弦不曉得對方的長相、姓名，甚至是性別，只要懷著想珍惜對方的想法，便要試著主動伸出手，弦暗暗決定。畢竟，他不想再重蹈eike.h一事的覆轍。

若能收到冰雨的回信很棒，冰雨願意一起去演唱會更棒，要是只能在網路上互通音訊，弦也覺得滿足。即使在道具的交易結束後，兩人斷絕聯繫，弦仍打算欣然接受。弦發覺自己自然抱持這樣的想法。

「從這裡開始，首先從這裡踏出一步。」

弦喃喃自語，彷彿說給自己聽。然後，他點下郵件的傳送鍵。

不論網路或現實世界，現在都沒有弦的容身之處。這同時代表，不論在網路或現實世界，接下來弦可創造屬於自己的容身之處。大概就是這麼回事吧，弦想起守保那一頭不像鐵道公司職員的紅髮，及富士見澡堂牆上奇特的油漆畫，點了點頭。

弦步出網咖，發現守保坐在大廳入口旁的長椅上喝果汁牛奶。

「守保先生還沒回去嗎？」

弦詫異地詢問。守保喝完最後一滴果汁牛乳，慵懶一笑。

「嗯，我在美食區用完晚餐，就到這個時間了。不過滿剛好的，晚上十點後，未滿十八歲的客人需要監護人陪同。」

「過了十點啊……」

弦確認手機螢幕上的時間，再度望向守保。

「守保先生是我的監護人？」

「權宜上，我義不容辭地身兼失物招領課與福森先生的監護人一職。」

聽不出是開玩笑還是認眞的，守保語氣飄忽地回答後，瞄一眼手表。「啊，六分鐘後恰恰有一班下行電車，我們快點出發吧。」守保連連催促，於是弦揹著背包，一路奔向車站。

弦喘著氣踏入車廂，依舊空無一人。

在長條座椅的邊緣坐下，弦發現身旁的銀色扶手上掛著一把透明塑膠傘。身旁的守保也注意到那把傘，對東張西望的弦輕聲低語：「傘的主人似乎下車了。」

弦拿起塑膠傘，由裡到外地檢查一遍，確認沒寫名字後，打算掛回扶手。

守保慌亂地微微起身。

「福森先生，你在做什麼？要交給失物招領課啊。」

「咦，這是常見的透明塑膠傘，而且感覺用滿久了，就算直接丟掉……」

「傘不會長腳走路。要是不會像企鵝一樣自行搭電車，代表很可能是有人帶上電車，應該說接近百分之百的機率。換句話說，這把傘是某人的失物。」

守保振振有詞，弦只能「喔」一聲，點頭附和。

守保伸出雙手，將除了老舊骯髒外毫無特徵的透明塑膠傘，珍惜地抱在懷裡，發出「我會負起責任，將這把傘帶回失物招領課」的宣言後，重新坐回長條座椅上。

前方的車窗，逐漸映出臨海工業區的燈火。守保緊盯著這片景色低喃：

「氣象預報的降雨機率雖然很高，但一整天都沒下雨。在回家的電車上，將傘忘在車上的人應該不少吧。」

或許守保是透過失物招領課和別人產生連結。弦望向守保握著塑膠傘的修長手指，模糊地想著。

兩人一起在油盥站下車，弦覺得搭電車回來的時間比去程短暫。弦要搭到華見岡站回家，守保要回海狹間站，必須在這一站換乘不同路線的電車。兩人站在月台一端，「承蒙你照顧。」弦低頭向守保鄭重道謝。

守保的紅髮在秋風中飛舞，說著「您太多禮了」，露出傷腦筋的笑容。由於弦遲遲不肯抬起頭，守保握住弦的肩膀扶起他。雖然身材瘦削，守保意外有力氣，弦驚訝地想著。

「福森先生，請別再弄丟東西嘍。」

「好的……我會小心不要再麻煩守保先生，呃……」

弦依依不捨地思考下一句話，守保揮揮手說：「那我先走一步。」弦像是被推著離開，轉身邁出腳步，背後又傳來溫柔透明的話聲。

「啊，對了。如果撿到別人的失物，歡迎隨時再來海狹間站，我會一直待在失物招領課。」

守保彷彿在努力告訴弦「這裡也有容身之處」，於是弦繼續前進，一手握拳高高舉起。

他似乎聽到升級的號角聲響起。

3

不論
健康或說謊

身體隨著午後時分的電車晃動，平千繪不停翻找托特包。

千繪不擅長整理，托特包裡就和她的桌上、抽屜，或衣櫃中的情形一樣，隨意塞滿雜物。錢包、手機、手帕、面紙、護唇膏、眼鏡盒、衛生棉、巧克力、口香糖、掌上型遊戲機、行事曆、筆袋……這些不知何時直接塞進包包的物品逐漸堆疊，包包變得沉重無比。她從剛才就在這堆雜物中摸索，卻始終找不到要找的東西。

大概是在換車時掉落，或是忘在哪裡。

千繪聳聳肩，隨手抽出剛好摸到的美術館門票票根。她望著印有半年前日期的票根，又塞回包包。

腳邊暖氣吹出的風有點燙，千繪換蹺另一隻腳，隨即察覺一道視線。她抬起頭，順便扶一下滑落的眼鏡。只見一個男孩坐在斜對面的座位上，整個身體都轉向千繪。僅有三節車廂的電車空蕩蕩，剩千繪和男孩的家人，她不小心直接對上男孩的目光。大概是看膩窗外綿延的工業區與大海的景色，男孩改爲觀察乘客——也就是千繪。男孩的漆黑瞳眸盯著千繪，她不禁有些尷尬。

跟男孩同行的母親不知在做什麼？千繪納悶地轉移視線，發現那名母親雖然坐在男孩身旁，卻和用揹帶綁在胸前的嬰兒一起沉浸在夢鄉。男孩的母親一臉疲憊，不過服裝及妝容都很年輕，看起來與二十四歲的千繪差不多大。

注意到千繪對上自己的目光，男孩猛然跳下座位，咚咚咚地跑到千繪面前。

「妳看到企鵝了嗎？」

「呃？」

「企鵝啊，妳看到了嗎？就在電車上，牠在搭電車。」

搭電車的企鵝……？哎，光聽就覺得好可愛。男孩是在繪本上讀到的嗎？千繪腦海浮現畫面，忍不住揚起嘴角，於是男孩急切地傾身向前。

「妳看到啦？」

很可惜，我沒看到。大姊姊我眞想瞧瞧，要是我也能見到企鵝就好了。

千繪腦中冒出身爲成人的標準答案，卻脫口而出：

「我看到嘍。」

千繪不禁想回應男孩的期待，不忍心這對烏亮大眼閃動的光芒黯淡下來。於是，儘管暗罵自己，她仍繼續道：

「之前牠恰巧坐在那裡。」

千繪指向男孩剛剛坐的長條座椅，男孩馬上興奮得臉頰泛紅。

「眞的嗎？」

男孩奔回座位，幾乎貼在椅墊嗅聞。發現男孩的舉動，母親終於睜開眼，充滿倦意地問：

「哥哥……你在做什麼？」

「企鵝耶！這班眞的是企鵝列車！」

男孩幾近尖叫地歡呼，母親一副沒聽懂的表情，悠然地點點頭。

「哦，這樣啊。」

隨著電車逐漸減速，車體慢慢滑進月台，男孩的母親「嘿咻」一聲站起。

「要下車嘍。」

聽到這句話，男孩終於跳下座位，慌忙追上母親，牽起母親的手。突然間，男孩轉頭，用空著的手向千繪揮手道別。千繪不知如何反應，只好微微舉起手。男孩自豪地大喊：

「我現在要去參觀爸爸的工廠。」

哦，這樣啊，好厲害，眞棒。注意安全，慢走——千繪無法像男孩的母親一樣大方得體地回應。

明明能夠面不改色地說謊，千繪懊惱地想著。

千繪露出等待打嗝般的彆扭表情，尷尬低下頭。男孩困惑地望著她，旋即活力十足地跳上月台，頭也不回地離去。

電車再次開動，車廂內只剩千繪，她不禁鬆一口氣。在與街上繁忙的歲末氛圍隔絕的空間中，她大大伸一個懶腰。此時，她忽然瞥見一道反光。

剛才男孩和家人的座位附近似乎遺落什麼東西。那孩子該不會掉了重要的玩具吧？喀嗟喀嗟搖晃的電車裡，千繪水中漫步般緩緩走向男孩的座位。

坐墊和靠背之間夾著一個吊飾，畫著一對在愛心中安穩相擁的母子。

這個圖案似曾相識，千繪撿起吊飾。她多次在電車或公車中，看到女性在包包上掛著這樣的吊飾。要是沒記錯，應該是表示懷有身孕，請周圍的人理解並適當提供幫助的標誌。

「這是……那男孩的媽媽掉的嗎？」

她的肚子裡有第三個小孩嗎？千繪回想男孩母親的模樣，肚子並未明顯隆起，正是吊飾派上用場的時期。看來，吊飾屬於男孩母親的可能性非常高。

語音廣播報出下一站，也就是千繪預定下車的終點海狹間站。千繪連忙將印著好孕標章的吊飾塞進粗呢大衣的口袋，跑回座位拿她丟著不管的托特包。

當然有像剛剛的男孩一家及千繪這樣的特例，但基本上，這條支線的電車只有在臨海工業區工作的人才會搭乘。位於這條支線終點的海狹間站，恰恰符合千繪腦中大致勾勒的模樣。

受限於鄰近的大海，這一站的月台狹窄短小。走下連接月台的階梯，就會看到小小的剪票口。剪票口旁是無人的服務窗口，櫃檯上放著方格紙製成的盒子，意思應該是請要出站的乘客將車票放進盒裡。放眼望去，唯有讀取ＩＣ票卡的剪票口新得閃閃發亮，與周圍格格不入。

根據剪票口外的解說牌，附近都是一家名爲「藤崎電機」的企業用地，車站也是爲了在此工作的職員設立。

實際上，這個剪票口以前除了職員，閒雜人等都不准通過。現在剪票口外變成臨海公園，從散心的民眾到工廠狂熱分子、車站迷，及和千繪一樣到站內的遺失物保管處的人，皆能隨意在這一站下車。話雖如此，剛剛那一班電車下車的仍只有千繪。由於盡是工廠，又缺乏像樣的娛樂設施，除了通勤時間以外，會搭乘一小時僅有一、兩班車的支線的人終究不多。

通過剪票口來到候車室，千繪環顧四周。候車室內擺著長椅，飲料和點心的自動販賣機並立，牆上掛有大時鐘及時刻表，應有的設備一應俱全，卻仍給人一種誤入山中小屋的感覺。恐怕是地板、牆壁和天花板都鋪木板的關係？千繪連連眨眼，目光掃過一圈，再度回到離出口最近的長椅旁。

千繪的視線會繞回此處，是由於長椅上出現難以置信的景象，遠遠超越她的想像。不論是誰，大概都無法想像那幕景象出現在車站內的情況吧。

「企鵝……」

橘色的嘴喙、圓圓的頭、不管怎麼努力都無法飛起來的翅膀、意外粗厚的腳蹼，覆在黑白雙色的緻密羽毛下的微胖身軀，描繪出惹人憐愛的曲線。

千繪忽然想起男孩提到的「企鵝鐵道」，原來是眞的。千繪察覺企鵝睜著烏溜溜的眼睛注視她。在企鵝直勾勾的目光下，千繪仍忍不住回望，於是企鵝歪了歪頭。可能是歪頭的幅度太大，圓滾滾的身軀不穩地傾斜，企鵝一副慌張的模樣，趴噠趴噠揮動被稱爲「鰭肢」的前肢。搞什麼，這傢伙未免太可愛。千繪骨頭差點融化，渾身綿軟無力地蹲下。

背後傳來拉門打開的聲響。這裡何時有門？千繪疑惑地轉身，以爲是牆壁的部分朝一旁滑開，出現一個入口。

一名青年倚著與周圍形成保護色的拉門，一頭紅髮非常引人注目。

紅髮青年沒注意到千繪，一臉寵溺地望著站在長椅上的企鵝。青年一身看似鐵道公司制服的苔綠長褲搭灰外套，不論配色或剪裁都像開玩笑般老土，配上龐克感的紅髮，相當不協調。千繪猜想，他應該是遺失物保管處的職員。

千繪搖搖晃晃地站起，青年「哇」地驚呼，彷彿看到鬼魂。千繪望著對方嚇得倒豎的紅髮，開口：「請問遺失物保管處是在這裡嗎？」

千繪一問，對方似乎想起自己的工作，連忙端正姿勢回答「是的」。他彷彿在展示外套上的名牌般挺起胸，千繪不曉得名牌上的「守保」怎麼念，於是扶著眼鏡，刻意瞇起眼。

「不好意思，我的視力不太好……」

「守護的守和保持的保，讀成『ㄕㄡˇ　ㄅㄠˇ』。大和北旅客鐵道波濱線遺失物處理中心的守保，在此爲您服務。」

「大、大和北旅……旅客？乘客？」

「很難記的名稱吧。首先，這名稱一點也不好念，所以我都用比較易懂的『失物招領課』稱呼。」

守保揚起嘴角，露出軟軟的笑容。微笑的娃娃臉與溫和的話聲，千繪頓時放鬆許多。從偏長的劉海下注視千繪的黑潤大眼，看起來宛如小動物，或者說和企鵝一樣。

「那麼，您今天爲什麼來這邊？」

總覺得好像醫生的問法，千繪暗暗想著，一邊回答：

「爲什麼……其實是我掉了東西。啊，是在前天。」

「前天……也就是十一月二十九日嗎？隔了一段時間呢。」

千繪隱約覺得守保的語氣有點沉重，連忙解釋：

「對，朋友送的展覽門票，展期剛好在那天結束，於是我去了一趟上野。原以爲是在美術館弄丟的，昨天去詢問美術館那邊，今天想到說不定是掉在電車裡。雖然打了幾次電話，但一直沒人接，我便直接過來。」

除了前天遺失東西及打電話的事，其餘都是謊言。千繪只是想起剛才在電車上摸出的美術館票根，順口編出這個謊。千繪總習慣視情況說謊，迎合別人。

守保似乎沒察覺不對勁，悠然地舉起手。

「電話一直無人接聽，造成您的困擾眞不好意思。那麼，請往這邊走。」

在守保的帶領下，千繪戰戰兢兢地踏入拉門另一側。進屋一看，其實沒什麼奇怪之處。門後的空間橫亙著長長的櫃檯，各式大小的置物櫃並排，看起來就是保管遺失物的辦公室。牆壁、天花板和地板都是白色，完全沒有山中小屋的要素。從天花板垂下的綠色牌子，隨吹進門口的寒風搖晃，仔細一瞧，牌子上寫著「失物招領課」，似乎是手工製的牌子。後方牆上的銀色大門又是什麼？冷凍庫？不會吧，千繪暗暗吐槽自己。

千繪的目光逡巡室內之際，守保朝雙手呵氣，一邊搓揉雙手繞到櫃檯後方，在她對面站定，出聲詢問：「您會冷嗎？」

「啊，這麼一提，是有一點冷。」

「非常抱歉，只有我一個人時，都會調成適合企鵝的溫度。」

這段在車站的失物招領課進行的對話，明顯混進奇異的詞彙，千繪不由得嗆了一下。

「企鵝？剛才那果然是企鵝啊。」

「是的，牠就住在這裡。」

守保指向後方牆上的銀色大門，看來應該是企鵝住處的入口，和千繪當初猜想的冷凍庫相差不遠。

「需要我開暖氣嗎？」

「我還好。」

爲了給那隻企鵝一個舒適的生活環境，當然要努力忍耐，千繪心想。

守保欣喜地露出笑容，低頭說一聲「感謝您」，從身後的電腦桌上拿來黑色的大筆記本。

他在櫃檯上攤開筆記本，微微偏頭注視千繪。一頭紅髮隨著他的動作沙沙搖動。

「方便請教您的大名嗎？」

「我姓平。」

「好的，平小姐。您在十一月二十九日遺失的是什麼？」

「呃，外面是『文博堂』的包裝紙，約莫這麼大的東西。」

千繪兩手食指在胸前比畫出長方形。守保瞇起眼，傾身向前。

「您說的『文博堂』，是美宿車站前的大型文具店嗎？」

「嗯，對。」

千繪準備繼續說明「文博堂」是怎樣的店，卻突然面有難色，閉口不語。「文博堂」在地方上算是頗有名氣的文具專賣店，守保知道也不奇怪。不過，千繪實在無法想像，這名貌似搖滾樂團成員的紅髮青年挑選文具的情景。

彷彿在催促靜止的千繪，守保從外套胸前的口袋拿出原子筆。

「再來，想請教包裝紙裡裝著什麼？」

「連這都要說嗎？」

「先向您確認過，自然會比較妥當。只是，由於涉及隱私，您不一定要回答。」

守保凝望千繪僵硬的表情，慵懶地揚起嘴角。他翹起的嘴唇像鴨子，流瀉出帶有透明感的柔軟嗓音。

「那麼，這次不詢問內容物，我以『文博堂』包裝的物品來登記。」

守保將遺失物的內容，與千繪遺失物品的時間、搭乘的路線、車廂的位置等資訊，一同記入黑色封面的大筆記本，闔上後走向電腦桌。看來，送交失物招領課的物品都透過電腦管理。守保彎下腰操作滑鼠，「啊」地發出嘆息般的驚呼，皺起眉轉向千繪。

「非常抱歉，似乎還沒人撿到『文博堂』包裝的物品。」

「這樣啊，我明白了。」

千繪低頭道謝，準備離去時，守保的話聲鍥而不捨地在身後響起。

「失物有時過好一陣子才會送到這裡，請不要放棄，定期確認看看。只要報出姓名和失物，透過電話也能進行確認……啊，雖然電話常常打不通……」

這個職員眞親切，千繪冒出這樣的感想，再次行一禮後，離開辦公室。即使搭上回程的電車，守保那一句「請不要放棄」仍留在千繪耳中。

一週過去，雖然沒忘記守保的話，千繪實在提不起勁聯絡失物招領課。畢竟並非不可或缺的東西。當初千繪走進「文博堂」，只是想打發等待朋友的空檔，很有氣質的店員卻出聲詢問：「在找什麼嗎？」千繪無法婉拒，隨口說出一連串謊言，最後礙於情勢買下。

「所以，就算沒那樣東西，也不會感到困擾。」

千繪自言自語，打開電腦。

早上準備好便當，目送丈夫道朗去公司，處理完最低限度的家事後，千繪大多會打開自己的電腦，瀏覽一整天可愛動物或搞笑的動畫。

兩個月前，她則是一整天都在玩線上遊戲《巴比倫尼亞．奧德賽》。

「妳不覺得玩遊戲很浪費時間嗎？」

提早下班的道朗，看到黏在電腦前的妻子，既不發怒也不驚愕，只是一臉不可思議地發問。平常完全不碰遊戲的道朗這麼一說，在生氣前，千繪感到一陣羞愧。

經過這件事，千繪自然而然失去玩遊戲的幹勁，甚至退出從國中到現在，玩了將近十年的《巴比倫尼亞．奧德賽》。千繪將引退的決定告訴平常一起行動，但素未謀面的玩家，沒想到大夥都捨不得老玩家千繪離去，不死心地追問引退的理由。千繪只好編出「因爲我要開始工作，以後會沒時間玩網路遊戲」的謊言。比起眞正的理由，千繪認爲這麼說大夥比較容易接受。

千繪出神地瀏覽著「會回話的柴犬」影片，自言自語：

「哎，反正不論是玩遊戲或看影片，都一樣浪費時間。應該說，消磨時間就是這麼回事嘛。」

不去工作，也沒有小孩，凡事怕麻煩的千繪每天的空閒時間多到消磨不完。

這天，千繪和平常一樣，看看動畫、在電腦前打瞌睡時，不知不覺迎來傍晚。千繪嫌麻煩，直接跳過午餐，不過肚子果然還是會餓，不開始準備晚餐，道朗就要回家了。

千繪將電腦改為休眠模式，穿上黑色羽絨外套走出家門。室外的溫度和開著暖氣的室內有所差距，她的眼鏡瞬間蒙上一層霧氣。千繪以毛衣的袖子擦了擦眼鏡，跨上腳踏車去買菜。

道朗任職於網羅全國人才的知名超市總公司的人事部，經常晚上十點後才回家，千繪就算等到晚上六點的出清特價開始再出門，也完全來得及……才對……

「怎麼會這樣？」

離超市只剩數公尺，前方走來一道熟悉的身影，千繪不禁疑惑地歪頭。在男性中略顯矮小，身體前傾，踩著細碎的步伐。由於自顧自看著地上，他接連擦撞幾名買東西的客人，卻毫不在意。

「平先生。」

千繪出聲一喚，終於抬起頭的男人，正是千繪的丈夫道朗。

在夜晚的道路上，千繪跨著腳踏車注視著道朗。兩人目光交會，道朗「噫」地倒抽一口氣，上下調整度數遠比千繪深的眼鏡，深呼吸後開口：

「千繪，妳在做什麼？」

「買菜……傍晚六點後，會貼上特價的促銷貼紙……」

千繪以爲道朗語帶責備，是因爲買菜——也就是太遲準備晚餐，不過似乎不是這麼一回事。

還沒聽完千繪的藉口，道朗便仰天大喊：

「我知道！是『平日晚間六點起的支援家計喜不自禁大特賣』對吧？這是我們公司的超市。」

「喔，這樣啊。」

道朗靠近愣愣點頭的千繪身邊，緩緩將千繪從腳踏車上拉下來。夫婦並立時，視線幾乎一樣高。

「咦，怎麼了？如此突然，到底是怎麼啦？」

「我才想問，這麼重要的時期，妳爲何還在騎腳踏車？」

道朗像刺蝟般硬挺的髮尖朝向千繪。

「孕婦應該避免騎腳踏車，妳不知道嗎？」

「孕婦？」

千繪疑惑地歪著頭，似乎更加刺激道朗。他迅速推推眼鏡，從粗呢大衣的口袋取出某樣東西。

「別裝傻了。」

妳自己看。道朗伸出的手掌上，靜靜躺著一枚好孕標章的吊飾。

「今天早上，我穿千繪的粗呢大衣去上班。」

「嗯，就是那件嘛，我認得出來。」

千繪毫不吃驚。道朗的體型和千繪幾乎一樣，千繪又喜歡中性的服裝，所以夫婦倆有許多共穿的衣服。

「我在口袋裡發現這個。」

「嗯……」

「我嚇一大跳。由於太吃驚，我甚至蹺掉一個會議，匆忙趕回家。」

道朗吐出白霧，隔著外套輕輕撫上千繪的肚子。

「謝謝妳，千繪。這下我們要當爸爸媽媽，爲家庭新添一員了。」

「欸，呃……」

注意到千繪帶著困擾的表情，道朗終於停下動作。

「千繪……妳肚子裡有小孩，對吧？難道不是嗎？」

我根本沒懷孕啦，那是我在電車中撿到的好孕標章。你太早下結論，抱歉讓你誤會。成串的話流暢地浮現在千繪的腦海，但一看到道朗的表情，又遲遲無法啓齒。結婚前，道朗立定過於具體的目標，表示「將來要生兩個孩子，在松潮新鎮買一棟透天厝」，千繪不禁湧起不想讓道朗失望的心情，不計後果地脫口而出：

「你說的沒錯，我懷孕了。恭喜啊，孩子的爸！」

道朗鏡片後方的雙眼連連眨動，緩緩吐出一口氣，肩膀微微顫動。千繪擔心道朗會哭出來時，他停止顫抖，露出明亮的笑容。

「嗯，我是孩子的爸，千繪是孩子的媽。」

道朗從千繪手中接過腳踏車的握把，說一聲「回家吧」就推著腳踏車邁出步伐。

「啊，我還沒採買……」

「今天就叫高級壽司，盛大慶祝一番吧。」

千繪非常喜歡吃壽司，如果不是爲了慶祝懷孕，不知有多開心。看著一臉鬱悶的千繪，道朗皺起眉。

「那個會讓人想吐的症狀，該不會出現了？」

「孕吐……？」

「對，就是那個。」

千繪默默搖頭，道朗便應一句「太好了」，誇張地聳肩，從大衣口袋掏出手機，在路上點餐。

「我想點兩人份的特上壽司。啊，『特上』是最高級的意思吧？應該沒有比特上更上面的吧？」

道朗絲毫沒發現自己說出類似「頭痛在痛」的奇怪語句，得意地轉向千繪。他大概是想眨眼，卻雙眼都閉了起來。千繪很清楚，認眞的丈夫正努力逗她笑。與道朗相識四年，結婚兩年，她頭一次看到道朗這麼開心。

千繪高中畢業後，在朋友邀約下，直接進了電腦的專門學校，順其自然地學習網頁設計。在缺乏興趣的情況下，她自認學得挺認眞，不過幹勁和適合與否無法勉強，於是求職過程精彩地碰了大釘子。成爲所謂的「求職浪人」後，她頂著幫忙家務的名義窩在家裡，靠看看電視、玩玩遊戲、讀讀漫畫打發如山高的空檔。

就在這段期間，千繪與大七歲的道朗相遇。地點是打工的超市，對方是擔任儲備店長的正式職員，千繪則是代替突然病倒的朋友，前來救援的工讀生，立場可說截然不同。兩人幾乎不曾交談，但在千繪結束爲期三天的打工，下班準備回家時，站在工作人員出入口旁的道朗卻出聲喊住她。

「妳是學生嗎？」

「不，我已從專門學校畢業，現在待業中。」

「有在找工作嗎？」

「呃……嗯……目前沒有。」

大概是從千繪支支吾吾的表情領悟眞相，道朗提議「下次來參加我們公司打工的面試吧」。

「雖然不是正式社員的面試，不過比窩在家裡好吧？」

道朗這麼一說，千繪心有同感，便老實點頭回答「好」。

於是，千繪依道朗的建議，在超市努力打工兩年。升上店長的道朗，不到一年就被拔擢到總公司的人事部門，並以此爲契機，與千繪結婚。「妳只要幫忙打理家裡就好。」憑著道朗的這句話，千繪甘之如飴地頂著主婦的名義，再次回歸家裡蹲的生活。

至今千繪仍不清楚，道朗當初究竟爲什麼邀她去超市打工。不過，她估計道朗會向她求婚，大概是出於責任感。道朗本來就是在公私雙方都立定明確目標，一步步實現理想的人，對家庭一定也有理想的藍圖，打算選擇能夠共同實現的對象。然而，認眞的道朗卻對持續打工兩年，絲毫沒展開求職的千繪抱有責任感，牽起她的手步入禮堂。

望著推著腳踏車的道朗跳躍般邁步的背影，千繪猛然醒悟，道朗心目中的理想家庭，小孩是不可欠缺的要素。

果然說了不妙的謊。

千繪仰頭望向冰冷的夜空，嘆一口氣。

天空中不見半顆星星。

自從認定千繪懷有小孩，道朗產生一百八十度的轉變。

兩人享用慶賀的特上壽司的隔天，道朗和前一天一樣，比平常提早不少時間下班，抱著巨大花束回家。

「那束花是怎麼回事？你辭掉工作了？」

「說什麼傻話，這是我買來要送給妳的啊。」

「爲什麼？」

「問我爲什麼……當然是慶祝有小孩啦。有束花擺在一旁，心情會變得明亮開朗吧？」

道朗一臉意外地翕動鼻翼。又是慶祝嗎？千繪接過沉甸甸的花束，比起喜悅，更早湧上心頭的是困惑。跟道朗交往結婚至今，道朗從未送花給她，連禮物都寥寥可數，因爲道朗老是忘記他們絕大多數的紀念日。就算他記得哪個紀念日，也不會冒出要在當天買花的念頭。丈夫應該是這樣的人才對，所以他現在到底是怎麼回事？

千繪沉默地拆掉包裝著花束的玻璃紙和緞帶。家裡沒有花瓶，她拿出最大的啤酒杯，將花束插在杯中。擁有碩大花瓣的多彩花朵宛如詢問著「我看起來如何？」的盛開模樣，帶著壓倒性的氣勢，千繪有些敬而遠之。雖然對花卉不熟，但她覺得小一點的花朵比較符合自己的喜好。

不論身高、服裝，或戴眼鏡，道朗和千繪都接近一致，連容貌也隱約有點相似，但兩人的興趣嗜好及價値觀天差地別。由於大部分是千繪配合道朗，當這花束形同擺在面前的證據，提醒道朗不曾察覺、千繪往往拋諸腦後的事實時，千繪的心情沒變得明亮，反倒消沉下去。

伴隨著花束的驚喜登場終究只有那天，不過道朗提早返家的驚喜在那之後依然持續，最後成爲稀鬆平凡的日常。

因應道朗提早回家，千繪的閒暇時光頓時消失得無影無蹤。從將晚餐擺上餐桌的時間逆推，再考慮到煮飯、買菜、打掃等各種待處理的家務，千繪總是在中午過後就難以安心，彷彿有什麼鯁在喉嚨。每天爲道朗端上晚餐時，想到明天又要戰戰兢兢地重複一遍，千繪心情便一片慘澹。儘管之前隱約有所自覺，不過現在的情況，讓千繪痛感自己是多麼不稱職的家庭主婦。

隨著在一起的時間變長，千繪的無能想必會更醒目。道朗臉上的笑容一天比一天少，不知不覺嘆氣的情況逐漸增加。要是千繪撞見，他總會迅速調整表情，詢問：「有沒有什麼事需要我幫忙？」

在家務方面，無法藉由謊言令道朗滿意，千繪感受到自己離道朗理想妻子的基準偏差程度愈來愈大，同時明瞭橫亙在夫婦之間的牆壁意外高大厚重。

一在餐桌落坐，道朗就拿起遙控器，毫不猶豫地將頻道轉到新聞節目。即使在電視打開並播著其他節目時，他也不會出聲詢問「能不能換頻道」。道朗並不是秉持大男人主義的人，他其實毫無惡意，純粹是徹底缺乏推斷「爲什麼電視會開著」、「千繪在看電視嗎」、「電視上在播的節目說不定才是千繪想看的」等問題的思考迴路。人們大概稱這種思考迴路爲「同理心」及「體貼」。從這個角度來看，道朗或許是個有待加強的丈夫，不過，不會做家事，也無法作爲社會人自立，甚至常說謊的妻子，顯然有更多缺點需要改善。所以，深有體悟的千繪對道朗未置一詞，默默望著毫無興趣的新聞，將不怎麼美味的自家料理送進口中。

吃過晚餐，千繪收拾餐桌、洗完澡後，往往即將迎接新的一天。此時坐在沙發看書的道朗會以堅定的語氣，提醒千繪「差不多該睡了」。如果千繪不爲所動，道朗便會嚴肅地勸誡「現在身體不是妳一個人的了」。

兩人都躺進被窩後，像儀式一樣，道朗每天都會飛快詢問「小寶寶今天如何」。他的話聲好似等待放榜的考生，隱含著迫切感，千繪只能撫上空空的小腹，回答「感覺還好」。

持續過這樣的日子不久，千繪身體出了狀況。一天早上，她穿著睡衣送道朗出門時，一陣倦怠感襲來，關節隱隱發疼。原本打算稍微臥床休息片刻，然而，一睜開眼，冬日早早落下的夕陽餘暉已灑滿屋內。

糟糕，千繪暗喊不妙，馬上起身，發現腦袋和身體意外輕盈。看來情況並不嚴重，燒已退了下去。

千繪沒時間也沒力氣去買菜，但她沒能幹到可用冰箱現有的材料做晚餐，只好呆立在廚房中央。怎麼辦？千繪腦中迴盪著這個問題。

「我到家嘍。」

道朗在和平常一樣的時間踏進家門，看到不施脂粉，依舊一身睡衣打扮，還紮著馬尾的千繪的表情後，伸手推了推眼鏡。

「妳還好嗎？」

「嗯，只是身體有點……」

「小寶寶還好嗎？」

沒聽完千繪的說明，道朗就接著詢問。由於太認真，鏡片後方的眼睛上揚成三角形。

「呃……嗯，應該吧。」

道朗彷彿無法忍耐，連外套也沒脫就走到千繪身邊，按上她的額頭。

「好像沒發燒。」

「沒事啦。」

「只是『應該』？妳去醫院看過嗎？還沒，對不對？」

面對道朗連珠炮般的話語，千繪根本沒時間說謊，只能點頭。道朗的表情宛如泛起漣漪般出現變化，不過，千繪判讀不出他的想法。

「明天去醫院看看吧，我陪妳。」

道朗口吻強硬，千繪感到血色瞬間從臉上褪去，顫聲問：

「你說醫院，是指內科嗎？」

「當然是婦產科啊，得確認小寶寶的狀況。千繪之前去的醫院在哪邊？」

道朗一問，千繪一陣驚慌失措。從出生到現在，她不曾去過婦產科，但眼下不可能坦白這件對孕婦極不自然的事實。千繪短促地吸一口氣，回答：

「那家診所在改建。」

「咦？」

「為了翻新老舊的建築物和設備，目前休診。」

「真的嗎？糟糕，妳應該早點講啊，我們得趕快找其他婦產科診所。」

道朗按著眼鏡的鼻架往上托，露出嚴肅的表情。千繪的胸口隱隱作痛，謊言如雪球般愈滾愈大、不斷膨脹，她已不知該如何是好。

呃……千繪欲言又止，不過道朗完全沒注意到，視線飄向餐桌。他眨了眨眼，扶上眼鏡邊框。

「今天沒晚餐嗎？」

千繪恍惚地點點頭。唉，我又讓平先生失望了。她默默自責，胸口縈繞著彷彿注視水不斷從翻倒的寶特瓶流出，一點一滴滲入地面的感覺。

翌日，道朗早早起床，向公司請了有薪假。現在難道不是年末的忙碌時期嗎？千繪語帶擔憂，道朗卻挺起胸莫名自豪地回答：「超市一年到頭都很忙，不必擔心。」

兩人一起用過只烤了吐司的早餐後，從離家不遠的婦產科診所，到東京都內的有名醫院，道朗列出幾家「聽說值得信賴，能夠託付千繪的生產大事」的醫院名單。

「你眞清楚呢。」

「我用電腦查過。」

道朗平常只用手機檢查郵件和瀏覽網路，距他上一次特地打開家裡電腦，應該已睽違半年。所以道朗今天才那麼早起啊，千繪的臉頰一陣抽搐，好不容易才點頭，向道朗說一聲「謝謝」。這下無法再逃避了，千繪暗暗嘟囔。

猶豫半晌，千繪終於從候補名單中，選出相鄰車站附近的婦產科診所。決定的關鍵是不論規模或地點，這家診所「感覺最好說話」。千繪不奢求醫生幫忙說謊，只希望能在道朗面前蒙混過關。

畢竟她根本沒懷孕。

一如往常，千繪換上連帽運動衫和牛仔褲，將健保卡扔進塞了不少東西的大托特包，匆匆綁起及肩的頭髮，再意思意思地化點妝，然後穿上粗呢大衣，和道朗一起走向車站。他們搭上電車，在下一站下車，前往搭公車約七分鐘路程的診所。從出門到診所，千繪沿途都在思考該怎麼應付眼前的局面。忽然覺得眼鏡的鏡架有些緊，她忍不住伸手調整幾次。

「妳有點心不在焉喔。」

身旁的道朗突然出聲，但他一路上同樣幾乎不曾開口。其實道朗也在緊張吧，千繪暗忖。她覺得張口只會說出不必要的回答，於是縮縮肩膀充當回應。

以漆成淡粉紅的磚塊蓋成的圓筒型診所，悄悄座落住宅區，附近有許多以聖誕節燈飾妝點庭院和牆壁的房子。寫著「榊婦產科診所」的透明招牌太過小巧，還被建築物旁繁茂的矮樹遮住，於是千繪和道朗從最近的公車站下車後，在巷弄間迷了十五分鐘以上的路。

儘管是個太陽遮掩在雲層後的寒冷日子，兩人仍走到汗流浹背。此時，他們終於發現診所的招牌，推門進去。建築物的空調非常暖和，千繪的鼻頭馬上泛起一層汗水。室內的溫暖程度，和充斥著等候室、好似牛奶又好似花的甜甜香氣，及流水聲和鳥鳴等構成的背景音樂，讓置身其中的千繪冒出「簡直像在熱帶叢林裡」的感想。她掙扎著脫下粗呢大衣，環視周圍的奶油色牆壁和檸檬黃沙發，並偷偷觀察那些深坐在沙發中等待的孕婦大小不同的腹部。

「是第一次來嗎？」櫃檯傳來詢問聲。面對出乎意料的點名，千繪不小心以響徹房間的音量回一聲「有」，臉上一陣發燙。她慌慌張張地將大衣掛在手上，用力把打算跟來的道朗按回去，獨自走向櫃檯。

看起來相同年紀的櫃檯小姐，一和千繪對上眼神，驚訝地張開嘴巴。咦，難不成是熟人？千繪不安地眨眼，櫃檯小姐倏然回神，擺出鎮定的表情，公式化地提問：

「今天是來看產科，還是婦科？」

「我想做檢查。」

「是做產科的檢查，還是婦科的檢查呢？」

櫃檯小姐耐心地偏著頭，等待千繪的回覆。千繪以只有櫃檯小姐聽得到的音量，悄聲回答「婦科」。來診所的路上，千繪先在電車中上網查過，即使是與懷孕生產無關，也能夠上婦產科診療台看診的方法。

櫃檯小姐接受千繪的回答，輕輕點頭，然後推出原子筆和藍色病歷表。

「那麼，請在這張表上填寫您的姓名、住址、電話號碼、出生日期，及閱讀看診事項，然後交回。先跟您收一下健保卡。」

櫃檯小姐俐落地辦事，千繪簡直難以直視。「工作」眞是了不起，千繪心想。她在櫃檯旁填寫完表格，回到道朗身邊。

道朗待在滿是女性的等候室角落，不自在地推推眼鏡，打算說點什麼，發現周圍的孕婦的目光聚集在他身上，又選擇閉上嘴巴。千繪趁機告訴他，要獨自進診療室。道朗一路陪她來診所，一定會表示「我也要進診療室」，所以千繪決定先發制人。不過，道朗反倒鬆一口氣，點點頭。

「我明白了，那我就在這裡等。千繪，如果覺得不安，一定要好好問醫生，解除心裡的疑惑。」

道朗平淡回答，千繪一時反應不過來。宛如叢林的等候室一片靜謐，偶爾會從某處傳來嬰兒細微的哭泣聲。道朗提過，這裡雖然病房不多，仍能容納患者住院，想必是建築物某處有剛出生的嬰兒在號啕大哭。每當等候室中的孕婦聽到那微弱卻存在感十足的哭聲，她們的表情便會柔和許多；相反地，千繪和道朗則是肩膀一震，僵硬地環視周圍。

再聽到一次嬰兒哭聲，就向道朗坦白一切，並且道歉。千繪暗下決定，將命運託付給上天時，護士呼喚她的名字。

「在。」千繪再度以過大的音量回應，但她已不在意。推開門，站在擺放著長椅，被稱爲「候診區」的走廊上，千繪祈禱這段窘迫的時間趕緊結束。

並列的五道白色門扉最左端，又傳來呼喚千繪名字的聲音。敲門走進診間，她遇上穿白袍的「千繪」。

不，對方當然是另一個人，白袍上別的名牌顯示的名字也不一樣。不過，對方從髮型、五官、體型，及眼鏡的顏色和形狀，幾乎都和千繪是同一個模子刻出來的。千繪終於理解，剛才櫃檯小姐爲何會露出驚詫的表情。

「哎呀……」醫生的「千繪」連連眨著鏡片後方的眼睛。

「我和醫生挺像的耶。」

千繪搶先開口，暗想兩人的嗓音倒是不太一樣。醫生的嗓音較有磁性，也較清晰，聽起來相當有魅力。

「對啊，眞是嚇一跳。據說，世上會有三個和自己長得很像的人，不過我沒想到會是來看診的病人。」

醫生的目光掃過千繪填寫的藍色病歷表，笑著說「看來我的年紀大得多」，似乎是確認了表上的出生日期。

「今天是要做檢查吧，第一次看婦科嗎？」

「是的。」

「也對，畢竟您才二十四歲，還年輕嘛。不好意思，請問您至今爲止有過性行爲嗎？」

「呃，我結婚了。」

約莫是答案太出乎意料，醫生停下握筆疾書的手，千繪忍不住補一句「姑且算是啦」。醫生將病歷表拿到面前，紙張發出窸窣聲響，接著她大大點頭。

「眞的耶，『已婚』欄位上確實打著○。抱歉，從您給人的感覺，我以爲一定是……」

醫生似乎以爲千繪是沒有對象的單身女子，說出頗爲失禮的話。她是否會注意到這句話，等於在說和千繪長得一模一樣的自己呢？

從千繪的目光中，醫生察覺她的想法，聳聳肩。

「明明我也結婚，生了兩個小孩，眞是對不起。」

哦，千繪在心中揚聲感嘆。這個世上，居然有一個「自己」（長得幾乎一模一樣的女性），擁有一份像醫生這般需要取得資格的全職工作，還育有小孩，簡直猶如童話故事。

大概是話題跑太遠，醫生清清喉嚨，回歸正傳：

「既然是已婚者，接下來懷孕生產的可能性較高，建議您定期來做檢查。」

聽到「懷孕」一詞，千繪渾身一僵。醫生毫無所覺，若無事地繼續確認：

「嗯……最近一次生理期是什麼時候？有沒有可能懷孕？」

「沒有。」

千繪立刻回答，並告知自己的生理期。醫生點點頭，鄭重請千繪先離開，到隔壁的診療台上等著。

這個時候，千繪還不曉得所謂的「內診」如同字面，是診察最私密的身體內部。她對婦產科的診療台一無所悉，甚至不曾想像過診療台會如此恐怖，讓人心中的羞恥感最後變成一片惶然畏怯。

千繪走進狹小的隔間，簾幕另一側傳來不知是誰的聲音，突然提出高難度的要求：「請鎖上門，並脫下內褲。」她看看一旁，發現旁邊放著一個小置物架。除了附蓋子的廢紙簍及面紙之外，架上沒有其他東西，留下不少空間。意思是要將脫下的衣物放在這裡吧，千繪暗自推斷，慢吞吞地摸上牛仔褲的鈕釦，想著「真是來到不得了的地方」。

她花費不少時間脫下牛仔褲和內褲，一邊努力用手遮住連帽運動衫下露出的部分，一邊坐上銀色椅子。那是像牙醫或美髮沙龍的電動椅，不過放腳的踏板卻往左右遠遠分開，教人難以鎮定。椅面上鋪著一次性的紙墊，裸露的臀部坐上去時十分冰涼。千繪不安地環顧四周，雖然聽得到護理師往來的腳步聲及談話聲，不過眼前掛著半吊子長度的白色簾幕，只能瞥見她們的腳。目光轉向身側，裝在椅子旁的螢幕一片漆黑，千繪有點遺憾地想，如果播個電影，就能稍微分散注意力。

「我準備好了。」千繪揚聲說，「來嘍——」簾幕後傳來悠哉的回應。對方似乎在進行某種操作，椅子嗡嗡作響，開始微幅震動。

「啊！」千繪忍不住驚呼，下一秒就變成「哇」地慘叫。

原本隔著一段距離的左右踏板，隨著椅背的傾斜升起，拉得比之前更遠。在膝蓋彎起的狀態下雙腿形成M字，無視千繪意願地推向簾幕後方。

面對超乎想像的發展，千繪簡直目瞪口呆，耳邊傳來室內拖鞋的清脆腳步聲，隨後響起醫生的話聲。

「請放輕鬆。」

做得到才有鬼！千繪在心中吶喊，嘴裡卻吐出彷彿嘆息的回應「豪的」。

「嗯，腳再張開一點。對，別施力。這樣很好。接下來可能會有點冰，不要嚇到喔。」

就算醫生這麼說，不過連自己都不常看到的部分，遭人塗上像是軟泥的東西，要不感到驚嚇，根本是天方夜譚。千繪的喉嚨再次冒出「豪嗚」的奇妙聲音，並緊咬牙根忍耐。

她拚命瞪著腹部上方晃動的簾幕。

對方到底在這片簾幕後方幹什麼？

檢查啊。如果對方這麼回覆，問題就算到此為止。儘管如此，千繪仍小聲嘟噥「沒人跟我講過是這樣」。大概是千繪一直凝視著簾幕，布的纖維一根根豎起。繼續瞪下去，眼底出現紅色及紫色斑點，腦袋深處一陣麻痺。千繪感受到頭痛的前兆，於是輕輕閉上眼。不過，明明閉上眼，卻依然看得見簾幕，為什麼？千繪歪頭思考，視線突然穿過簾幕，轉一圈對上從簾幕下方伸出的M字形腳，及雙腿之間的部分。

這是我的腳嗎？那麼，看著這雙腳的是誰？醫生？哦，原來我是醫生嗎？

千繪用混亂的腦袋努力回想，我以醫生這個職業為目標，通過許多考試，並成功獨當一面；我有喜歡的對象，而對方也喜歡我，共結連理後，生下孩子。

我就是這樣對人生做出抉擇，一路前進嗎？果真如此，這是多麼令人滿足的生活方式啊。千繪內心一陣歡騰。

接受考試的自己、考進所謂明星學校的自己、向心儀對象告白的自己、情感得到回報的自己、穿白袍走動的自己、守護生命誕生的瞬間並給予鼓勵的自己、受人感謝並為工作驕傲的自己，朦朧間浮現的各個自己都英姿颯爽，充滿自信，非常認真面對人生。

「嘎啦啦啦啦、嘎啦啦啦啦。」

奇妙的聲音轟然響起，撼動處於飄飄然狀態的千繪。聽起來像某種叫聲，是不曾聽過的不可思議聲響。爲了尋找聲源處，她凝視伸出的雙腳及其間的黑洞。

半晌後，黑洞中探出企鵝的頭。企鵝擁有橘色嘴喙和漆黑眼瞳，頭上還有像髮箍的白色斑紋。千繪立刻想起，這是在海狹間車站遇到的企鵝。「認識的企鵝」說起來雖然怪怪的，卻有一種讓人想這麼稱呼的親近感。

企鵝併攏雙腳，從洞口蹦出來，搖搖晃晃地走過千繪面前。好可愛，千繪幾乎要綻開笑容，又突然想起一件事。

咦，等等，身爲醫生的我，是在哪裡看過企鵝？看過企鵝的我，應該……應該……是誰啊？

遠方傳來的拖鞋聲逐漸接近，摻雜著一些話語，這是誰的聲音？

「平小姐？平千繪小姐！您還好嗎？」

千繪回過神，發現腹部上方的簾幕拉開，醫生探出頭。

千繪一臉恍惚，視線飄移。企鵝和腳都消失無蹤，取而代之的是簾幕、和她一個模子刻出來的醫生臉孔、只有上半身穿衣服的軀體，及冰冷的診療台逐漸映入眼簾，將她拉回現實。

對了，我是我，只是和這位醫生外貌相似的病人而已。

醫生揚起下巴，示意千繪望向裝在電動椅左上方的螢幕。

「看得到那邊的螢幕嗎？」

螢幕不知何時亮起畫面，顯示出有如X光片的粗糙影像。

「看得到。」

千繪終於擠出回應，喉嚨一陣乾渴。看來，她應該是經歷太多未知的體驗，不由得恍神，目睹近似白日夢的景象。

確認千繪的雙眸恢復焦點、視線投向螢幕後，醫生又縮回頭並拉上簾幕，回到僅有醫生的聲音在千繪身邊響起的狀態。

「看得到這個黑色的部分嗎？」

不協調感隨著醫生的話語移動，看來伸進體內的儀器捕捉到的影像，會直接顯示在螢幕上。

「這是您右側的卵巢，順帶一提，那邊的黑色是左側卵巢。」

坦白講，由於影像不太清晰，千繪根本有看沒有懂。不過，既然醫生說是卵巢，應該就是這麼回事，於是她「嗯」地應聲回答。

「然後，這裡下方長管狀的就是所謂的子宮頸，附近長了塊息肉。」

「息肉？那是什麼嚴重的病嗎？」

「雖然容易造成出血，但不會妨礙日常生活。」

「只是……」醫略微壓低話聲，「懷孕時可能會造成不良影響。假如您最近有懷孕的打算，趁這個機會切除比較好。」

「切除……是指手術嗎？」

「要說是手術，確實稱得上手術，不過，只是切掉息肉而已，十分簡單，甚至不需要住院。以我個人的看法，要是這樣就能減少流產的機率，還是建議直接切除。」

停頓片刻，醫生又沉穩地補充：

「若您目前沒有懷孕的計畫，也可先觀察情況再決定。只是，要記得定期來進行檢查。」

千繪一聲不吭，明知對方看不到仍連連點頭。她根本無法直接做出選擇，請醫生當場切除息肉。千繪的不安引發心悸，她忍不住輕輕按上胸口。

內心一隅，千繪將懷孕生子視為理所當然。正因如此，她才會說出那樣的謊言。然而，事實與千繪想像中完全相反，懷孕生子其實是一種奇蹟。她的雙臂下意識地環住腹部。

「好，檢查結束。請從診療台下來，穿回衣服。」

聽到醫生這句話，千繪終於能夠逃離診療台，但得知必須靠定期檢查和手術才可能懷孕生子，她意識到自己的未來是如此脆弱無依，受到的衝擊如暈船般久久不散。

兩人步出診所時，已過中午。

儘管千繪表明「沒什麼食慾」，道朗仍堅持「還是得吃點東西」，硬拉著她走進車站大樓內的咖啡簡餐店。

店內的白牆上留下明顯的油漆刷毛痕跡，流瀉出音量不大的聖歌調聖誕組曲，擺設仿歐洲骨董家具色調的桌椅。桌面鋪著代替桌巾的法文報紙，一個小玻璃杯裡，插著覆上塵埃的人造雛菊。

千繪和道朗面對面，坐在隨體重喀噠搖晃的木椅上。道朗一翻開菜單，旋即決定「我要漢堡排套餐」，然後繼續往後翻，望向千繪。

「千繪就點沙拉套餐，如何？分量不多，又能夠攝取營養。」

「咦？啊，嗯。」

「即使沒食慾，妳也要好好吃飯啊。畢竟現在不是妳一個人的身體。」

「……我知道了。」

「好，就這麼決定。」

道朗取走千繪剛才在看的菜單，交給經過的服務生，順便向她點餐。

千繪目送著離去的服務生收在腋下的菜單，發現和道朗交往至今，幾乎不曾自行做出選擇。不論是餐廳點餐、房間的家具、新家地址，連結不結婚，都是由道朗決定。千繪只是點頭配合，跟隨道朗的腳步而已。

假如道朗說「想要小孩」，她就生一個吧。將謊言變成現實，順其自然生下小孩。這樣的人生大概也不壞，只要走上道朗指示的道路就好。此刻，千繪才察覺從道朗相信謊言的那一天起，她隱約考慮的事。

千繪恍然大悟，這正是今天檢查發現息肉時，她為意想不到的狀況深受打擊的原因。腦海浮現醫生和自己無比相似的臉，但醫生大概擁有截然不同的人生。千繪憶起在診療台上神遊的期間，透過醫生感受到的充實人生。明知那些是白日夢或妄想之類的產物，千繪仍非常羨慕。

我也可能像那樣自力生活嗎？千繪自問。腦中響起的回答，除了她嗤之以鼻的「事到如今哪有可能」，還有另一道富透明感的男聲「請不要放棄」。

這是那個人的聲音吧。那一天，他確實曾鼓勵我「請不要放棄」。這段細瑣的對話，居然還留在記憶中，千繪頗為詫異。說不定，她其實相當倚賴這句話。

「千繪。」聽到呼喚聲，千繪抬起頭。只見道朗摸著刺蝟般的頭髮，一邊轉動脖子，眼鏡後方的瞳眸不安地游移。

「妳不要緊吧？診所的醫生說了什麼不妙的事嗎？」

千繪一時不知如何回答。這是最後的機會，想向道朗坦白懷孕只是一場謊言，並向他道歉，就要把握現在才行。

「其實……」

對不起，我根本沒懷孕。儘管如此，你也願意……

千繪在腦中排列接下來的話語時，嘴巴卻擅自動起來。

「我要出個謎題。」

「啊？」

道朗一臉錯愕。很正常的反應，畢竟我自己也嚇一跳。我到底在說些什麼啊？

「以下三句敘述中，只有一句是眞的。請問是哪一句？

一、從平日晚間六點開始的『支援家計歡欣雀躍大特賣』，基本上從七折起跳。

二、我懷孕了。

三、車站裡住著一隻企鵝。」

千繪說完三個選項，兩人的餐點恰巧送上桌。道朗避開鐵板上滋滋飛濺的醬汁，拿刀切開漢堡排肉。

「來嘛，平先生猜猜看，哪一個是眞的答案？」

「什麼跟什麼，原來妳剛才是在想這種無聊的題目嗎？虧我還在擔心妳是不是不舒服。」

道朗皺起眉，有些不高興。他將漢堡排切成合適的大小，送進口中，一邊爲漢堡排的熱度呼呼哈氣，一臉嫌棄地回答。

「說起來，那根本不算謎題嘛，答案當然是『二、我懷孕了』。」

「第一個選項哪裡不對嗎？」

「打折的比例不對，應該是八折吧？」

「答對了！」

「自己公司的事，我自然一清二楚，而且還有其他不對的地方。」

「咦？」

「我們公司平日的特賣活動名稱是『喜不自禁大特賣』，不是『歡欣雀躍大特賣』。不管說幾次，妳都不記得。」

「對不起……」

千繪咀嚼著幾乎只能嘗到醬汁味道的沙拉，感覺自己像一隻在吃草的兔子。道朗三口解決漢堡排，目光依依不捨地在盤子上流連，然後拿叉子刺向配菜的馬鈴薯。

「第三個選項中，提到住在車站裡的企鵝，反正一定是什麼動畫吧。」

我到底想做什麼?千繪暗暗思索，一邊嚼動口中的沙拉。自行決定下一步該怎麼走，眞的很可怕。

看到千繪的沙拉碗底朝天，道朗抓起帳單。

「那麼，我們回家吧。」

千繪彷彿看到鋪好的踏腳石，告訴她下一步由此去。只要踩上那塊踏腳石，就不會引起任何波瀾。千繪能夠得到呵護，道朗也會心滿意足。

道朗從座位起身走向收銀台，千繪隨著他的背影站起，下腹部仍殘留著不協調感。她立刻伸出雙手，像要防護般按住肚子。

千繪維持這個姿勢，緩緩走到收銀台前。道朗看著她的動作，詫異地推了推眼鏡。

「妳怎麼走起路像企鵝一樣？」

千繪的腦海浮現企鵝從洞中跳出來的畫面。畫面中的企鵝搖搖晃晃地邁步，微微歪頭，晶黑的眼睛看著千繪。

妳要跳上那一塊踏腳石嗎？又要選擇別人鋪好的踏腳石嗎？企鵝彷彿這麼問。情急之下，千繪開口：

「我有東西不見了。」

「咦，留在餐廳座位上？還是掉在診所？」

「我忘在電車裡。」

結帳找的萬圓鈔票吸引道朗的注意力，千繪繼續道：

「得去找我的失物，你願意陪我嗎？」

「馬上嗎？」

連收據都仔細收進皮夾後，道朗皺起眉。

「嗯，馬上。你接下來應該有時間吧？」

「唔，畢竟我今天請假。」

道朗不情願地點頭，狐疑地望著千繪。千繪避免眼神交會，踏出店門，像是走樓梯般步下車站大樓的手扶梯。

千繪覺得自己做的事，像是特意搬起鋪在面前的踏腳石，丟往完全相反的方向。她滿心不安，難以平靜。

二十天後重新踏上海狹間站，依舊人煙稀少，從月台下廣闊的鉛灰色海面吹來的風冰冷刺骨。千繪求助般望向雲層籠罩的淡奶油色天空，不過太陽似乎沒打算露臉。

「失物招領課眞的設在這種車站嗎？」

道朗托了托眼鏡，滿腹懷疑地問。光是爲了轉搭支線，兩人在荒涼的車站等二十分鐘，再搭乘明明只有三節車廂，卻全是空位的電車，一路搖搖晃晃抵達，難怪道朗會覺得來到偏僻的地方。千繪點點頭，率先踏上月台。從月台望去，遠處可見高聳工廠，近處可觀大海，展現出一幅足以令愛好者痴狂的的景色。

兩人走下月台的樓梯，穿過剪票口，步入等候室。沐浴在白熱燈泡柔和光線下的，是天花板、牆壁和地面都鋪著木板，宛如山中小屋的空間，稱呼此處爲「車站」，感覺有些彆扭。不過，道朗似乎頗爲中意，扶著眼鏡的鏡架，湊近牆壁看得津津有味。

「這是天然的木材呢，會是橡木嗎？」

「嗯？喔，大概吧。」

千繪心不在焉地回答，接著說一聲「不好意思，借過一下」，伸手敲敲道朗身旁的牆壁。

「千繪，妳在做什麼？」

這個啊……千繪正打算說明，牆壁後方就響起一聲「來了」。同時，道朗面前的牆壁像拉門般滑向一旁，出現失物招領課的辦公室。

千繪偷覷道朗，只見他驚訝得說不出話。

相反地，開門的失物招領課職員守保，依然給人一種悠閒的感覺。只是，他大概去了理髮廳一趟，劉海變短，可更清楚地看到晶潤的雙眼，一頭紅髮似乎益發紅豔。

守保邀請兩人入內後，繞進櫃檯，和緩地開口：

「平小姐，感謝您堅持不懈地前來。」

沒想到守保竟然記得她的名字，千繪嚇一大跳。同樣姓「平」的道朗詫異地低問：

「千繪，這是怎麼回事？」

「之前為了找同一個失物，我來過一趟，只是那時無功而返。」

千繪回答道朗的疑問時，守保從電腦桌的抽屜裡拿出一串鑰匙，偏了偏頭。

「您遺失的是『文博堂』包裝的東西，沒錯吧？」

見千繪點頭，守保走向占據一半空間的大小各式置物櫃。他在寬長的的置物櫃前停步，打開櫃門取出東西，珍而重之地抱回櫃檯。

「昨天剛送來，我正準備通知您。麻煩確認一下。」

眞的出現了，千繪難以置信地朝放在櫃檯上的東西伸出手。

不論大小或觸感，都和遺失的東西一樣，千繪這麼告訴守保。「爲防萬一，方便確認一下內容物嗎？」應守保的要求，千繪心不甘情不願地拆開膠帶，在不撕破包裝紙的情況下，從縫隙窺看。

「那是什麼？」道朗詢問，不過千繪置若罔聞，直接回答守保。

「沒錯，這是我當初買的東西。」

「您要領回嗎？還是要寄放在這裡？」

「我要領回。」千繪立刻答覆，同時不禁納悶。難不成有乘客特地過來，最後卻表示「希望寄放失物」嗎？

守保頷首，紅髮隨著搖晃。他從文件架取出一張紙放在櫃檯，一併附上自制服胸前口袋掏出的原子筆。

「那麼，請塡寫這份領取表格，並簽名蓋章。」

千繪塡完必須事項，從塞在托特包裡的筆袋中，取出免用印泥的簡易印章，往表格一蓋，突然停止動作。

「怎麼了嗎？」

「呃，這麼一提，我手邊有一樣該送到這裡的物品。」

千繪察覺身旁的道朗不斷想插話，卻仍刻意只看著守保，專注地試圖在不說謊的情況下坦白一切。

守保回視千繪，輕輕露齒展現天眞爛漫的微笑。

「您拾獲失物了嗎？眞是感謝。」

受到守保笑容的鼓勵，千繪拿出一直擱在粗呢大衣口袋中的好孕標章吊飾，放在櫃檯上。

「之前造訪的十二月一日那天，我在電車上撿到這個遺失物。抱歉，這麼晚才拿過來。」

千繪低頭道歉，一旁的道朗忍不住質疑：

「咦，千繪，到底是怎麼回事？這個好孕標章，難道不是千繪的嗎？」

怎麼辦？我得說出來，就算會惹道朗討厭，也要好好解釋清楚。

千繪低著臉，額頭冒出大量冷汗。「咕嚕嚕嚕嚕，嘎啊——」忽然傳來一陣響亮的叫聲，有什麼從櫃檯下鑽出。

「企鵝？」

道朗發出哀號，嘟噥著「爲什麼車站會有企鵝？」後，便說不出話。

企鵝毫不在意地通過大受震撼的道朗面前，肉呼呼的腳蹼踩在亞麻油氈地板上，左右搖晃著身軀走向千繪。每當企鵝腳步踉蹌，就會揮舞前肢保持平衡。

企鵝的橘色喙尖恰恰指向千繪的腹部，千繪立刻挺直背脊。要說就得趁現在。

「平先生，你明白了嗎？」

「咦？」

「我的謎題的眞正解答，是第三個選項『車站裡住著一隻企鵝』。」

「啊？」

「第二個選項『我懷孕了』是錯的，並非事實。」

千繪難以直視道朗，匆匆說完，同時調整滑落肩膀的托特包背帶。

「對不起，我沒懷上小孩。你看起來非常高興，我實在說不出『你搞錯了』。撒謊騙你，眞的很抱歉。」

道朗一動也不動。一陣漫長的沉默後，他小聲低喃「這樣啊」，一副欲言又止的模樣，最後再度陷入沉默。

「啊！」守保的叫聲打破靜默。感受到一股人爲的微風，千繪抬起頭，剛好看到道朗轉身離去。

「平先生！」

聽到千繪的呼喚，道朗背影一震，邁步奔跑。簡直像遭人逮到違法丟棄垃圾，千繪這麼一想，渾身一僵。意識到被丟棄的正是自己，她茫然目送道朗離去。

守保不發一語。即使眼前突然上演夫婦爭吵，他依舊不爲所動，沒好奇地向千繪問東問西，或掛上客套的笑容。企鵝搖搖晃晃地走來走去，在完全消去自身氣息的守保，和不知所措、愣在原地的千繪周圍打轉。啪噠啪噠的腳步聲如時鐘的秒針般規律作響，在正面的意義上，將室內的悲愴感破壞殆盡。

不知經過多久，一股腥味襲來，千繪立刻掩鼻。轉頭尋找味道的來源，她發現櫃檯後的守保又套上橡膠圍裙和橡膠手套，還提著裝有小魚的水桶。與其說是鐵道公司職員，更像個魚販。

「不好意思，餵企鵝的時間到了……」

守保還沒說完，企鵝就揮著前肢湊近。牠朝上張開嘴喙，發出催促般的鳴叫。

守保定下心，抓起魚尾，讓小魚直直落進企鵝張大的嘴裡。企鵝滑順黑亮的喉嚨，發出骨碌聲鼓起，然後縮小。接著，牠繼續頂著傻呼呼的表情，索要下一條魚。

守保和企鵝重複一來一往的過程中，水桶中的小魚瞬間見底。

「好了，沒啦。」

守保向企鵝秀出空空如也的水桶，軟軟地笑起來，接著，驀地想起般望向千繪。

「啊，請等一下。」

置身企鵝和紅髮的鐵道公司職員醞釀出的悠哉氣氛，千繪不禁放鬆，呼吸終於恢復正常。

守保脫下圍裙和手套，恢復一身鐵道公司職員的打扮後，將好孕標章的吊飾收進最小的置物櫃。然後，他轉向電腦，向千繪詢問拾獲吊飾的日期、時間及車廂位置等資訊，一邊敲打鍵盤輸入資料。片刻後，他抬起頭燦爛一笑，唇間露出的牙齒讓他看起來更年幼。

「平小姐拾獲的東西已登錄完畢，希望失主能早日領回。」

千繪想起那天遇見的男孩和他的母親，點頭回應「是啊」。守保將置物櫃的鑰匙串放回電腦桌的抽屜，轉向千繪。

「那麼，平小姐，關於另一個失物，您打算怎麼辦？」

「另一個？」

「是的，您剛才遺失的。」

守保的目光邊飄向千繪身後。不必回頭，她也曉得後方就是拉門，於是，她突然領悟守保口中的「失物」是指什麼。

「看來，我眞的搞丟了。」

彷彿包容著千繪細小微弱的話聲，守保帶有透明感的嗓音響起。

「您確實遺落了東西。」

「我該怎麼辦？」

「究竟該怎麼辦呢……」

守保縮了縮肩膀，注視著千繪的雙眼，一字一句地說道。

「協助客人尋找失物，也是失物招領課業務的一環。不過，要不要尋找失物，下決定的終究還是客人自身。」

「說的……也對。」

千繪在腹部上方握緊拳頭。

我能夠做出決定嗎？千繪內心湧起不安。她總是無法決定任何事情，連選擇都逃避，永遠茫然地等別人將湊合的未來遞到面前。

爲什麼我就是無法抉擇？

千繪心底隱隱刺痛，掙扎喘息著仰望天花板。途中，守保的一頭紅髮映入眼底，豔麗的色彩吸引她的目光。

約莫是察覺千繪的視線，守保寫著攤開在櫃檯上的黑色大筆記本，突然難爲情地搔搔頭髮。

「髮色很漂亮。」

「謝謝。不過，其實這不是我本來的髮色，是染的……」

這種事我當然知道。千繪暗暗吐槽，感到一陣無力，忍不住笑出來。這個失物招領課的職員，爲什麼總能提供這種絕妙的笑點？

千繪手肘支在櫃檯上，向守保搭話：

「公司居然准許你染這種顏色。」

「啊，這就很難說了，公司到底准不准呢？」

守保軟軟地揚起鴨子般的嘴型微笑，謙卑地道出不怎麼可靠的回答。年紀輕輕就被派駐在支線終點的無人車站，還擔任什麼失物招領課的職員，搞不好其實是裁員前的配置——千繪忽然有些擔心，雖然她根本自顧不暇。

守保握著原子筆的手一頓，若無其事地說：

「十多歲時，好幾年我都沒有頭髮，只得戴著假髮。」

咦，頭髮？話題轉變得太突然，而且出人意表，千繪一時反應不過來。守保毫不在意，淡淡繼續道：

「可是我的頭型有點特殊，大部分的假髮都不怎麼合適。經過各種嘗試後，唯一合適的是一頂紅色假髮。我說的『合適』指的是頭型，不是顏色。一開始，我非常排斥紅髮。」

守保的拇指摩挲著嘴唇，呵呵一笑。

「有什麼好笑的事嗎？」千繪忍不住問。

「是啊，說起來挺好笑。以前我一直很不滿，到底爲何只有紅色假髮？既顯眼，跟我又不搭，眞討厭。」

大概是回想起十幾歲的日子，守保的目光飄向遠方。由於那張娃娃臉，千繪一直以爲守保大學剛畢業，不過實際年齡或許比她大。千繪望著守保光滑的臉蛋，試著猜測他到底幾歲，依然覺得守保的外表只有大學生年紀。

企鵝走到千繪身旁，努力挨近，卻在發現櫃檯和她雙腳之間的空隙後，竄進大小適中的空間閉起眼。

守保憐愛地注視企鵝的舉動，吐出下一句話：

「然而，某天我終於注意到，選擇紅色假髮的不是別人，正是自己。」

「自己……」

「沒錯。」守保的語氣帶上熱度的同時，薄唇隨之翹起。

「如果討厭到不行，只要選擇別頂假髮就好，我卻選了紅色假髮。唯有這一頂假髮符合我的頭型，根本是藉口。假使我眞的不喜歡紅髮，就算別頂假髮和頭型稍有不合，我還是能選擇紅色以外的假髮。毋庸置疑，這是我的抉擇，是我決定要戴紅色假髮。」

「看似情勢造就的抉擇，其實是自己決定的……」

「是的。瞧，證據就是，我現在仍染成紅髮。說到底，我根本就是喜歡紅髮。」

守保露出軟軟的笑容，探出櫃檯。千繪能夠清楚看到，他連髮根都染成漂亮的紅色。

等著守保回到櫃檯後方，千繪撫上擱置在櫃檯的「文博堂」包裝紙。

「關於這個，多謝了。」

「哪裡、哪裡。」

「然後，關於另一件失物……」

「您打算怎麼辦？」守保一臉正經，千繪也不落人後，露出認眞的表情。

「我想找回失物。」

這不是謊言，也不是介意、害怕，或企圖討好別人，而是千繪的眞心話。守保晃動紅髮，揚起燦爛的笑容：「非常樂意助您一臂之力。」

「從您丈夫離去的方向來看，應該是去外面了吧。」

「外面……」

「請放心，海狹間站是位於『藤崎電機』企業用地內的特殊車站，非員工的訪客通過剪票口，能夠自由進出的只有一個地方。」

千繪想起剪票口外，解說牌上寫的海狹間站由來，點點頭。

「臨海公園，對吧？」

「答對了，我們快走吧。」

守保迅速準備動身，不料，企鵝在他的身後發出尖銳的叫聲，同時傳來嘩啦嘩啦的噴濺聲。一股和方才的魚腥味截然不同的強烈氣味，飄散在室內。

「啊……」

守保垂下眉毛，難爲情地望向千繪。

「怎麼了嗎？」千繪回頭一看，隨即理解狀況。

「哎呀……發生慘劇啦？」

「嗯，畢竟吃喝拉撒無法分割。沒辦法，企鵝學不會上廁所。」

守保淡淡解釋，俐落拿出水桶和地板刷，打掃四濺在亞麻油氈地板上的白色排泄物。

「如您所見，很不好意思。平小姐，請先走吧。」

千繪雖然不安，但看到守保再次穿戴橡膠圍裙和橡膠手套，拿起地板刷拚命清洗地板，及一旁歪著頭注視守保的企鵝乖巧的背影，便湧起「我得好好振作」的念頭。沒辦法，這是我的人生，要靠自己向前邁進才行。

千繪暗暗模仿守保的口吻低喃，獨自打開拉門，踏出室外。

走出車站，巨大的工廠出現在眼前。這就是讓鐵道公司特地設站的大企業「藤崎電機」嗎？千繪停下腳步，望著這一片景象。「嗯哼……」大門前的警衛刻意清一下喉嚨。

警衛的外表相當引人注目，千繪忍不住盯著他。首先，這名警衛很高，還有一顆大頭。「大頭」不是指他的臉或頭圍，而是鬈髮的髮量多得驚人，讓他那一張冷硬的面孔，比起警衛制服，更適合配上一套大翻領外套和喇叭褲的復古西裝。

不知是公司規定不能說話，還是天生不愛說話，一頭鬈髮的警衛嘴閉得緊緊，抬了抬下巴。千繪順著他的示意望去，出聲詢問：

「一名年紀約三十出頭的男子，往公園去了嗎？」

警衛猛點頭，不知爲何有點可愛。

「公園是在這個方向嗎？」

點頭、點頭，警衛努力抬起下巴，彷彿在說「沒錯，就是那裡」。

「謝謝。」千繪低頭致謝，趕往公園。

這座公園是爲了非藤崎電機員工，卻仍想出海狹間站的乘客蓋的。與其說是公園，形容爲「寬闊的步道」可能更貼切。儘管寬度不足，卻有一定長度。步道鋪著比賽場地用的紅色PU材質，非常好走。兩側種植修剪整齊的薔薇和山茶花的灌木叢，途中還有無視寒冬盛開的繽紛花田。一路上，隔著適當間距，設置木製長椅、圓凳，槓桿等健身器材，及給孩童玩的木製遊樂設施，讓人能夠悠閒地坐下休息，也能夠遊玩嬉戲。

這樣的設計，是體貼等待一小時僅有一、兩班電車的人吧。千繪暗暗佩服，一邊漫步前進，終於來到步道盡頭。

步道盡頭是凸出海面的陸地。周遭圍著白色柵欄，地面植有草皮，入口還立著白色拱門，是個彷彿能夠舉辦戶外婚禮的廣場。

環視一圈，道朗靠著白色柵欄的背影躍入視野。

千繪不禁躡手躡腳地接近。原本打算大聲嚇道朗，卻猶豫不決，最後變成走到道朗身後，輕拍他的肩膀說「嗨」。

道朗宛如被雷擊中，背脊一僵，戰戰兢兢回頭。

「原來是千繪……別嚇我嘛。」

「啊，抱歉。」

千繪道歉，同時鬆一口氣。道朗沒以淚洗面，也沒一臉陰沉，更沒生氣發怒。她抱著暫且得到免罪符的心情，坐在道朗身旁，和他一樣靠著白色柵欄，望向大海。

該從哪裡開始解釋？我能夠好好說明嗎？千繪還在思索，身旁的道朗便直起身。大概是責任感作祟，道朗覺得需要主動起話頭吧，而他的行爲正是給千繪一條比較好走的路。這樣不行，千繪連忙開口。

「我是來向你道歉的。」

道朗轉向千繪，原本打算說些什麼，但遭她的「抱歉」打斷後，似乎就不知如何是好，聳了聳肩。

「妳的『抱歉』，是針對什麼？說謊騙我的這件事嗎？」

千繪默默點頭，道朗馬上「哈哈哈」地冒出一串乾笑。

「那麼，我也得道歉。畢竟我一樣向千繪說謊了。」

霎時，千繪無法理解道朗的話，放慢眨眼的速度。於是，兩人不約而同地推了推眼鏡。

鏡片後方，道朗露出千繪從未見過的黯淡眼神。他空虛地望向千繪平坦的腹部，顯得十分疲憊。

「其實我……無論如何……都沒有想要小孩的念頭。對不起。」

「咦？」

「自家的小孩比較可愛，這是理所當然的。養育小孩才能成爲像樣的大人，夫婦之間有小孩才是完整的一家人，這就是所謂的家庭。擁有溫暖的家庭，人生才具有意義……我從以前就這麼想，所以一直認爲有能力的已婚者就該生育小孩。倒不如說，我根本不明白，在沒苦衷的情況下，怎麼會有夫婦不生小孩？」

道朗握拳抵住嘴唇，思考片刻，豁出去般一口氣說完。

「然而，我自己又如何？聽到千繪說『懷孕了』，覺得『眞好』，由衷高興的只有前兩天，我馬上開始感到痛苦。對於即將成爲父親、千繪要當母親、家裡今後會響起嬰兒哭聲，一切都讓我難以接受，讓我……心生排斥。居然抱持這種想法，我不敢相信，也無法原諒自己。」

千繪閉上眼。道朗一再重申「現在不是妳一個人的身體」時，眼中流露的其實是恐懼嗎？之所以無微不至地幫助千繪，其實是出自罪惡感嗎？

「千繪？」

看到道朗一臉詫異，千繪才發現自己在流淚。眼淚撇下千繪的情感，不停泉湧而出。

我感到悲傷嗎？懊悔嗎？爲什麼？

爲了找出答案，必須戳破一直以來對自己撒的謊。

千繪擦去淚水，靜靜開口：

「難道不是……由我生下小孩的緣故？假如是和理想的太太之間的小孩，你會更容易接受成爲父親的事實吧？」

「理想的太太……」道朗一時無言，鏡片後方的雙眼不停眨動。這個人一點都沒變，想法都表現在臉上。眞是不會說謊的人，千繪內心隱隱作痛。

「對不起，讓我想一下。」

道朗無力地離開白色柵欄。他垮下雙肩，垂著胳臂，腳尖踢一下冬天泛黃的草皮，然後走向拱門。望著他蜷縮的背影，千繪連忙揚聲呼喚。

「等一下，平先生。」

千繪感到心中張設的名爲「謊言」的防護罩逐漸崩壞。

啊，原來如此，我一直在對自己的心說謊。

其實，千繪從很久以前就注意到，儘管道朗漸漸後悔娶了她，卻因強烈的責任感繼續維持夫婦關係。千繪深感受傷，於是對自己說謊——我不是喜歡才和道朗結婚，我對丈夫根本毫無愛情可言。千繪不停如此催眠自己。即使成爲夫婦，千繪仍刻意用打工時代的疏遠稱呼「平先生」來叫道朗。千繪控制著對道朗的情感，告訴自己：不論是戀愛或結婚，我都沒得選。由於沒有其他選項，只好跟著道朗。不擅長家事這一點毫無改善，一方面她本來就是個懶人，一方面或許是想把這一點當成離婚的原因。比起「缺乏女性魅力」，她寧可被說「不擅長家事」。

爲了隨時能承受分手，千繪做好萬全準備。

我錯了，千繪用力搖頭。說謊導致現下的局面，她終於發現自己的眞心。千繪爲自身的愚蠢，感到一股想哭的衝動。

我喜歡平先生，根本不是隨時都能分手。

這份心情是真的，不然無法解釋目送道朗時，為何會如此痛苦。

「平先生，請你別走。」

千繪試著追趕，卻不慎跌倒。她無力地跪在草皮上，四肢狼狽撐著地面，粗呢大衣沾上泛黃的草屑。

道朗腳下一頓，又繼續邁開步伐。

「平先生……」無法立刻爬起的千繪呼喊，喉嚨深處一陣麻木發熱。

「選擇你，是我的意志。我想和你共度人生，才與你結婚，自願跟著你。我事事按你的吩咐去做，甚至說謊讓你開心，全是因為喜歡你、不想被你討厭。我不是無法做出選擇，而是想和你在一起，才不去選擇。我害怕做出選擇後，你會感到失望，才選擇『不去選擇』。你可能會笑我傻、笑我笨，但我只曉得這個辦法。」

千繪作夢都沒想過，有一天會哭著要男人別走。她一直認定自己不是這樣的人，和道朗之間也並非這種關係。

「平先生，目前我沒有想要小孩、也沒有排斥的念頭，只希望繼續維護我們之間的關係。我想跟你說更多話，坦白更多真正的心情。如果我們就這樣有了小孩，我覺得很好；或是共築一個沒小孩的家庭，我認為也很棒。真的沒辦法成功，各自走向不同人生亦無妨。只要我們都能接受，那一定就是我們期望的未來。所以，請你再給我一點時間，現在……」

我希望你能留在這裡。

撕破嘴也說不出口的話在千繪心中打轉。她沾滿草屑的手，按住逐漸發燙的臉頰，順便調整眼鏡的位置。

隔著鏡片望見的道朗身影，正準備通過拱門。

沒希望了，千繪四肢著地、垂下頭時，忽然傳來富有透明感的一聲「啊，不好意思」。不知該說少根筋還是治癒系的嗓音，以奇妙的節奏繼續道：

「平小姐，您忘了東西。」

守保彷彿擋住道朗去路般，站在拱門下方。承受不住冰冷的海風、縮起身體的守保旁邊，企鵝上下揮動前肢保持平衡，走來走去。

看到喊著「這個」的守保高高舉起的「文博堂」包裹，千繪發出「啊」一聲抱住頭。對方從保管櫃中拿出來，她還填寫領取單，卻又忘在櫃檯上。

我到底在做什麼啊。

千繪對自己生氣的同時，手腳恢復力氣。千繪搖搖晃晃站起，將沉重的托特包重新揹上左肩後，步向拱門。

由於守保和企鵝擋路，道朗無法走出拱門，只能待在原地。千繪來到他的身旁，給他看從守保手上接過的失物，然後毫不猶豫地撕開「文博堂」的包裝紙，拿出裡面的東西。

「平先生，你看，這就是我的失物。」

「這不是履歷表嗎？千繪，妳想再去打工？」

道朗詫異地推了推眼鏡，千繪搖搖頭，回答「不是」。

「我想找一份正式的工作，成爲正規職員工作。雖然可能有點難度，不過我還是打算試著努力。」

「文博堂」店員詢問「您在找什麼嗎？」時，千繪應一句「啊，我在找履歷表」。她一直認爲，那是脫口而出的謊言，或許並非如此。千繪內心深處，其實認爲自己眞的需要這項東西，如此一來，才能解釋兩度造訪失物招領課的行爲。

「要是我成爲正式員工，擁有獨立的能力，平先生就沒有撫養我的義務了吧？等你不再背負對我的責任感後，我希望你能重新考慮一下，我們之間的關係……未來是不是想繼續當夫妻。」

道朗神情複雜地躊躇不語，微微垂下頭。千繪露出笑容。

「還有，一部分原因，純粹是我想試著在自己選的公司工作。我想對工作懷有責任感。從小我就不清楚自己到底想做什麼，始終渾渾噩噩度日。我能夠產生這種想法，平先生，都多虧了你。我想成爲像你這樣的社會人士。有生以來，我第一次找到『想達成的目標』。」

千繪對上企鵝的目光。看著牠黑潤的瞳眸，千繪才發現自己姿勢太過前傾。千繪深呼吸，告訴自己：冷靜、冷靜，要好好把所有事情都坦白說出來。

「至今爲止，我簡直就像你的小孩。平先生應該很辛苦吧，謝謝你如此努力守護我。」

「千繪……」

千繪和道朗凝望彼此，一旁忽然傳來「哈啾」的可愛噴嚏聲。兩人一起轉向聲音來源，只見守保縮起肩膀，搔著紅髮。

「不好意思，不過這裡不會有點冷嗎？會爲這種溫度歡天喜地的，應該只有企鵝。若是不介意，要不要回失物招領課？」

「還是……」守保特意將手表抬至視線高度。「再過五分鐘，電車就要離開海狹間站，兩位要搭那班列車回家嗎？」

「五分鐘！」

千繪和道朗發出驚呼。兩人同時拿出手機確認時間，道朗率先抬起頭。

「千繪，妳知道怎麼寫履歷表嗎？」

「咦？呃……嗯，求職時期我寫過不少次。啊，不過當時在審查書面資料的階段就全軍覆沒。」

千繪不安地抱著全新的履歷表，道朗輕推她的背。

「那我們快點回家寫吧。等妳寫完，我陪妳確認一遍。」

「這樣好嗎？」

「妳要努力找工作吧？那麼，手邊的資源都要善加運用。尤其是在人事部門工作的丈夫，更應該充分利用才對。」

「謝謝……那面試的練習也能麻煩你嗎？」

「當然，不過目前得先突破書面資料的審查。錯過剛畢業的時間點，要再找工作會更困難。」

「我會努力。」

「很好。」道朗微微點頭。他按著在海風下變得僵硬，看起來更像刺蝟的頭髮，向守保致意。

「站務員先生，那我們就回去了。」

守保軟軟地發出輕柔的笑聲，讓出道路的同時，朝道朗亮出手表。

「請快一點，只剩三分鐘。」

「糟糕……」

在道朗的催促下，千繪快步穿過拱門。她拚命往前跑一陣子，才匆忙回過身。

海風吹襲下，守保斜斜站著，一旁的企鵝朝天空仰起橘色嘴喙，舒適地閉著眼。「真的非常感謝。」千繪低頭道謝，守保揮手回應：「今後請別再弄丟東西喔。」在一人一企鵝的身後，有著白色拱門和草皮的廣場在視野中延展，隔著白色柵欄還能望見彼方的大海。儘管不巧是陰天，海面依然閃閃發亮。這一幅景色，在從謊言中解放的千繪眼裡，彷彿世界第一次擁有色彩。

千繪不知不覺陶醉於眼前的景色，道朗連忙抓起她的手。

「千繪，快一點。距離電車發車，只剩不到兩分鐘。錯過這班車，我們又要等上將近一小時，這樣絕對會凍死！」

「確實如此。」

兩人牽起手，一同奔跑在以公園爲名的長長步道上。這條紅色步道，說不定正是當年千繪在婚禮上茫然走過的紅地毯，延伸而成的婚姻之路。眼前的步道看似綿綿不絕，卻是一條隨時可能迎來盡頭的脆弱道路。千繪的呼吸逐漸變得急促，「我不行了」一再來到嘴邊，卻又按捺下去。千繪覺得一旦停下，再也無法回到相同的道路上。

海狹間站終於出現在視野中，同時進入視野範圍內的，還有「藤崎電機」大門前，站姿與先前完全相同的鬈髮警衛。快步奔過的千繪向他點頭致意，警衛晃著看起來有點沉重的腦袋，輕輕頷首。

兩人穿越等候室，通過無人剪票口後，道朗高喊「還有一分鐘」。轉身等待仍在剪票口磨蹭的千繪時，他絆到腳，摔了一大跤。

「平先生，你沒事吧？」

「沒事、沒事。」

嘴上這麼講，不過道朗的腳踝疑似扭傷，痛得臉皺成一團。千繪來到道朗身邊蹲下，讓道朗靠著自己的肩膀。

「這樣還逞強裝『沒事』……不能撒謊喔，平先生。」

「千繪……妳還敢說呢。」

「啊，抱歉。總之我們先走吧，準備——」

「哎，不可能啦，女生扛不起男生。」

「少來，我們的身高體重根本差不多。」

準備嘍，千繪發號施令。道朗搭著千繪的肩膀站起。實際上，道朗的體重輕得教人咬牙。千繪喊著「一二、一二」，以兩人三腳的訣竅前進，走上月台的階梯。

月台傳來通知發車的〈SWEET MEMORIES〉旋律。

「來不及了吧。」道朗發出悲慘的哀號。

「沒問題的。」千繪回答。

千繪在心中祈禱這句話不會成為謊言，一邊踏著台階。鼓勵道朗的同時，千繪胸中湧出不可思議的自信。

沒問題的，我們一定趕得及。不算太遲，我們一定還能重來。

「請不要放棄。」

千繪承受著道朗靠在肩膀上的重量，挺直背脊。

4

Sweet Memories

「怒髮衝冠」就是指這個樣子吧，潤平心想。他坐在電車長椅上，膝蓋微微顫動，完全停不下抖腳的動作。

「老公……」

坐在旁邊的鈴江責備般低語，恐怕是覺得「抖腳很難看」。潤平口沫橫飛地回嘴：

「囉嗦，不就是抖腳，反正這節車廂裡只有我們，又不會造成別人的困擾。」

「話雖沒錯，我還是希望你不要那麼焦躁。」

鈴江露出似哭似笑的表情。梳整得高雅有氣質的頭髮上，有一絲醒目的白色。

不知不覺間老了不少啊，潤平突然對鈴江感到過意不去。說看起來像我母親，可能太誇張，不過兩人並肩時，大概沒人會認爲我們是夫婦吧。

居然讓母親如此操心憔悴，蒼平這個不肖子眞不像話。

血液直衝腦門隱隱作痛，潤平按著太陽穴，轉過上半身眺望窗外。

映著春天淡白陽光的海面閃閃發亮，臨海聳立的工業區一路綿延。自從兩人搭上這列由三節車廂組成的電車，窗外一直是這樣的景色。

「竟然噴出那麼多煙霧。」

潤平遷怒似地數落工業區的高聳煙囪。

「工廠這玩意眞煞風景，這樣沒問題嗎？像是造成公害之類的。」

「現在各種規章管制得很嚴，應該不要緊，而且你……」

鈴江的視線移向工業區，欲言又止般挺直坐正，最後卻什麼都沒說。她輕輕吐出一口氣，視線再次回到車廂內。

為了尋找發洩怒火的目標，潤平逡巡四周。此時，自動廣播響起，報出終點的站名。

「很好，海狹間站到了。蒼平就是在這個車站，下車嘍。」

「老公，要冷靜。別突然破口大罵。」

「我很冷靜！」

潤平根本不冷靜，凶狠地對鈴江大吼，用力踩著皮鞋走向車門。

往來行駛於此線、只有三節車廂的電車，與短短的月台十分相襯。傍晚的海風有點涼，不過四周仍洋溢著溫暖的午後餘韻，連春季薄大衣都顯得累贅。

「春天來了。」鈴江按著頭髮，輕聲讚嘆。感受到四季的自然變化，鈴江總是小題大作，潤平並不討厭妻子這一點，只是他心中充滿對兒子蒼平的怒火，根本毫無餘裕。

「春天當然來了。四月已過一半，櫻花也早就散落，說現在還是冬天，我才要嚇一跳。」

「哎呀，呵呵呵。」

「笑什麼，呆子。我可不是在說笑。」

「是嗎？那眞對不起。」

鈴江抱歉似地聳肩，潤平刻意嘆一口氣。其實他也不討厭妻子的這種地方。

走下月台盡頭的階梯，出現在面前的是小小的剪票口。

「眞是個什麼都小家子氣的車站。」

「畢竟是支線的無人車站，這是爲了配合乘客數量。」

「那種事我也知道，是爲了某某企業設立的車站吧？」

「藤崎電機，在營業用廚房電器業界中，從昭和時代市占率便居首，從未拱手讓出寶座。」

鈴江抬頭挺胸，顯得格外得意。潤平無視她，風風火火地打算通過剪票口，閘門卻在眼前關起，還發出警示音。通過剪票口前，潤平總讓鈴江拿著自己的ＩＣ卡，現下的問題似乎是機器無法正常讀取他的ＩＣ卡。

「對不起。」鈴江反射性道歉後，不慌不亂地歪了歪頭。

「眞是奇怪……」

「奇怪的是妳的作法吧！給我好好弄啊。」

潤平大聲嚷嚷，絲毫不提只會要別人處理的自己。剪票口後方是山中小屋風格的等候室，一個滿頭鬈髮的男子從出口處探頭查看。他的頭髮花哨得彷彿當場會跳起舞，身上卻是樸素的深藍色制服。潤平猜想，對方應該是這裡的職員，於是朝他揮揮手。

「哦，你來得剛好。快點，自動剪票口根本一點也不自動。」

一頭鬈髮的男子不知所措地睜大眼，注視著潤平，接著似乎發現鈴江。潤平不用回頭，也感覺得到背後的鈴江在向對方點頭致意。

「快過來。」潤平馬上不耐煩地呼喊，一頭鬈髮的男人大夢初醒般搖頭後退。

「沒辦法，我是藤崎電機的警衛。」

「搞什麼？你不是鐵道公司的職員？」

「非常抱歉，我還在執勤，先告退了。」

一頭鬈髮的男子俐落地敬禮，晃著在髮型造成的錯覺下，彷彿有三倍大的腦袋離去。

潤平判斷不出對方是禮數周全，還是在開玩笑。

潤平和滿頭鬈髮的警衛交談期間，刺耳的警示音持續作響，閘門還是沒打開。

「還沒好嗎？」

潤平回頭一看，鈴江仍在努力感應他的ＩＣ卡。

「真傷腦筋。」鈴江用聽起來毫不傷腦筋的說法發表感想。「拿來。」潤平從鈴江手上搶過ＩＣ卡，像小時候在玩的尪仔標一樣，將卡片蓋到感應區上。

「不行，這機器到底在搞什麼鬼？」

潤平即將大動肝火時，等候室傳來「馬上過去喔」的輕快聲音。帶有透明感的說話方式宛如柔軟的針，讓緊繃的氣氛瞬間洩氣。

不久，一名紅髮青年翩然出現在兩人面前。一看到他，潤平立刻發出低吼。紅髮青年注意到潤平，眨著眼晃動偏長的劉海。

「老公……」鈴江壓低音量扯住潤平的袖子，他卻一把揮開。潤平覺得血液瞬間衝上腦袋，頭髮彷彿都要豎起。再次感到怒髮衝冠的潤平，握拳準備撲向青年，卻遭還沒打開的閘門攔住。

「蒼平！你這個……不肖子！」

在剪票口閘門的攔阻下，潤平依然怒罵不休。紅髮青年縮起肩膀，一臉寂寥站在他面前。

今天潤平頭痛到醒來。他拿起枕邊的鬧鐘，發現已過中午，連忙起床。雖然自認睡得很沉，不過腦袋裡卻隱隱留著一股悶痛。不知是昨晚喝太多，還是睡太多？潤平一邊思索，一邊下床走出房間。此時，走廊盡頭的房門突然引起他的注意。

蒼平那傢伙，居然還在睡？

上大學後，兒子蒼平的生活作息亂成一團。深夜才回家，白天一直在睡覺。有時一大早看到他，以爲他難得早起，卻是熬夜到天亮。全世界的大學生或許都是這副德性，不過身爲我家的獨生子，這種行徑實在令人困擾。

看我把他挖起來！潤平無視自己也睡過頭的事實，大步穿過走廊，敲了敲盡頭的房門。

「喂，蒼平。中午了，快點起床。」

然而，門後毫無反應。潤平將耳朵貼在門上，等待裡面有所動靜，不過馬上就發飆。

「臭小子，你要睡到什麼時候？」

潤平大吼著，用力轉開門把。房門倏地打開，施力過大的潤平踉踉蹌蹌跌進去。

冰涼的空氣頓時包圍潤平。

蒼平的房內不見主人的身影。

窗簾拉起，窗戶緊閉。儘管如此，房間卻缺乏年輕男子特有的青澀體味。棉被摺得整整齊齊，沒有一絲皺褶的床鋪格外顯眼。潤平掃視一圈，牆上貼了幾張泳裝女孩的海報，還掛著起毛球的迷你玩具標靶。從小學用到現在的書桌上，攤著英文字典和漫畫雜誌。與床鋪反方向，另一側擺著書架，架上陳列的似乎是飲料附贈的角色瓶蓋，小有規模的收藏比書本更醒目。

這毫無疑問是蒼平的房間，但潤平幾乎感覺不到兒子留下的痕跡。房間主人的缺席，應該不是一、兩天的事。

潤平滿心疑惑，握住衣櫃把手。打開衣櫃，一句「搞什麼」脫口而出。

衣櫃中沒掛幾件蒼平的衣服，整齊堆疊在一起的三個收納箱中空空如也。

站在空蕩蕩的衣櫃前，潤平發出宛如呻吟的喘息聲。

我的記憶果然是正確的，蒼平早已離開家裡。潤平按著太陽穴，直冒冷汗，焦躁和不安導致腦門逐漸抽緊。

「鈴江！」

潤平不知不覺大喊著妻子的名字。

看到丈夫挺直站在兒子房間中央，鈴江頓時啞口無言，隨即微微低頭，撫順後頭的髮根，出聲詢問「怎麼了」。

「妳還問！蒼平不在啊。」

「是的。」

「妳怎麼一副冷靜的模樣？難道妳早就知道嗎？」

「你應該也知道吧？」

在鈴江圓溜眼眸的注視下，潤平說不出話——這麼一提，或許真的是這樣。我大概是一時糊塗，或睡昏頭。

「大學那邊怎麼辦？」

聽到潤平的疑問，鈴江的眼神一陣游移。潤平的太陽穴馬上暴起青筋。

「他沒去大學嗎？該不會不念了吧？」

「你也知……」

「我根本不知情。」

潤平這次帶著自信如此斷言。要是知道，怎麼可能允許兒子這麼做。潤平凌厲一瞪，鈴江頹然轉身。潤平經過她的身旁，步出房間。他隨手脫下睡衣，行經走廊回到臥室。

「快收拾好，準備出門。」

「咦？可是，今天下午快遞公司會上門送貨。」

走廊傳來鈴江溫吞的回答，潤平心中又一陣火起。

「笨蛋！快遞和兒子，哪一邊比較重要？我們家的頭等大事，當然是把蒼平帶回來。這傢伙不僅離家出走，還不告訴父母一聲就不念大學，簡直是任性妄爲！我可不會輕易罷休。」

鈴江撿起潤平丟在地上的睡衣，一邊慌張地追上潤平。

「說要帶他回來，你知道他在哪裡嗎？」

「我心中有數。」

話一出口，潤平忍不住「咦」一聲，疑惑地歪著頭。

我知道兒子在哪裡嗎？

「之前我偶然看到他。」

嘴巴冒出一句解釋，潤平點點頭。沒錯，就是這麼回事，我恰巧撞見那傢伙。

「他在一個叫海狹間的車站。」

潤平試圖回想車站的外觀和兒子的模樣，腦中卻像覆蓋一層薄膜，看不見任何影像。傷腦筋，腦袋又不靈光了。看來就算是假日，也不該睡到日上三竿，潤平暗暗嘟噥。

打開衣櫃，潤平甩甩頭。待在一旁的鈴江俐落取出襪子和外出服。

接著，潤平吩咐鈴江研究怎麼去海狹間站。兩人一起出門，花費一小時，一路轉搭電車來到海狹間站。每當在月台上等待轉乘的電車之際，鈴江便擔心潤平不耐煩，不只一次提議「要不要搭計程車」，潤平卻一再否決。潤平確實討厭等待，不過他更討厭搭汽車。更何況，站務員告訴他，要前往座落在工業區和大海之間的海狹間站，唯一的交通方式就是搭電車。

蒼平打開自動剪票口，解決ＩＣ卡的問題，還給潤平後，領著兩人走進等候室隔壁的「失物招領課」辦公室。所謂「在隔壁的辦公室」，其實只要將等候室的牆壁朝一旁拉開，辦公室就會赫然出現，是宛如忍者機關屋的空間。

儘管沒有窗戶，卻有風流動，空氣中隱約帶著一股腥味。潤平刻意吸吸鼻子，說一聲「好臭」。鈴江戳了他一下。

「非常抱歉，雖然仔細打掃過，還是有點味道。」

蒼平縮起肩膀，一臉歉意。一頭紅髮隨著他的動作沙沙搖動。

「你染那一頭吊兒郎當的頭髮，是對社會有什麼不滿嗎？」

「沒有任何不滿。」

「我想也是！畢竟你原本是靠父母的錢逍遙的大學生，現在又跑去當更悠哉的無業遊民，要是還有什麼不滿，我就要揍下去了。」

鈴江按住高聳肩膀的潤平，出聲解釋「他才不是呢」。

「他不是在這裡工作嗎？有工作的人就不是無業遊民啦。」

「對吧？」鈴江向蒼平尋求認同，站在櫃檯後方的他露出困擾的微笑。那副軟綿綿、像是洩了氣的傻瓜笑容，讓他易於親近的長相看起來更年幼，完全缺乏男人應有的威嚴。

眞是個不爭氣的傢伙。

潤平的嘴巴抿成ㄟ字型，正面打量蒼平。儘管染一頭紅髮，髮型倒是平凡無奇，並不是什麼倒豎的刺蝟頭。臉上沒頂著詭異的妝，一身灰外套和苔綠長褲的制服，整齊妥帖。看著中規中矩到幾近老土的打扮，潤平才想起，至今蒼平從未反抗自己。他一直是好孩子，是令人自豪的兒子，爲什麼會變成這樣？

「你爲什麼不繼續念大學？」

蒼平沒回答。潤平按著太陽穴，改變提問方向。

「你在這裡都做些什麼工作？當站務員嗎？鐵道公司還眞肯僱用大學中輟生啊。」

「我是大和北旅客鐵道的職員，在波濱線遺失物處理中心工作。」

「ㄧˊ ㄕ ㄨˋ？那是啥？」

潤平提高音量，蒼平露出微笑，食指往上一比。天花板垂下的綠色牌子上，寫著「失物招領課」。

「簡單來說，就是處理失物的地方。這裡的工作，是負責保管乘客及使用車站的客人遺失或拾獲的物品，並將物品歸還給失主，或不還給失主。」

「不還給失主不行吧。」

潤平拍一下櫃檯，但蒼平軟軟一笑，沒說半句話。潤平嘴巴抿成一條線，冷哼一聲，從蒼平身上移開視線，環顧他工作的辦公室。

天花板和牆壁都是一片白的辦公室中，大大小小的置物櫃占據一半以上的面積。尤其是櫃檯隔開的後半部，空間格外狹隘。像是埋在置物櫃縫隙裡的兩張電腦桌上，各自裝設輕薄型的電腦，還騰出能夠處理簡單事務的空間。盡頭的牆上掛著車站月台常見的大時鐘，斜下方是銀色大門。

冷凍庫嗎？從那個尺寸來看，應該是FR-150ZT型，卻只有兩扇門，搞不好是特別訂製。

散漫的思緒中冒出不熟悉的英數字，潤平詫異地搖頭。結婚後，他將家務及撫養小孩的事都拋給鈴江，如今爲何會突然對冷凍庫感興趣？潤平一陣呆愣。

好不容易從在意得不得了的銀色門扉移開目光，他再次瞪向蒼平。

「這裡就是你的戰場嘛。」

「是辦公室。」

「工作好玩嗎？」

潤平一問，蒼平的臉瞬間熠熠生輝。

「是的，我很喜歡這份工作。」

蒼平不假思索地回答，潤平不禁爲他的氣魄震懾，啞口無語。察覺蒼平在看他，連忙繃起表情，畢竟父親最重要的就是威嚴。

眞是的，完全敗給自家兒子。就算父親上門破口大罵，也不慌張、不吵鬧、不找藉口，還能露出軟綿綿的笑容。這樣的餘裕到底是從哪來的？對上這傢伙，生氣反倒像個笨蛋。

蒼平彷彿一直在等潤平氣勢變弱，轉身指向牆上的時鐘。

「我的工作時間到五點半爲止，再過一小時左右就能下班。方便待會再談嗎？」

他討人喜歡地歪了歪頭，像是能夠讓脖子發出清脆聲響。潤平不由得點頭後，連忙補上一句。

「我可不認同這種工作。」

「哎呀，失物招領課有什麼不好？」

垂首壓低自身存在感的鈴江突然出聲。「那不是廢話嗎？蒼平的工作應該……」潤平說到一半，突然支吾其詞。

「他應該有更……相襯的，不，適合的工作……才對。」

那又是什麼呢？潤平一時想不出，剩下的話只好含糊不清地吞回肚裡，但蒼平和鈴江仍目不轉睛地看著他。明白兩人都在等下一句，潤平刻意響亮「嘖」一聲，轉過身。

「等等，老公，你要去哪裡？」
「真囉嗦，我不愛等人。我要去附近走走。」
「你說散步，可是這個車站附近……」
「喂，這門打不開啊。」
潤平用力推門，一邊嚷嚷。蒼平大步繞出櫃檯，輕易拉開門。糟糕，我忘了，這裡的門要往旁邊拉開。潤平臉上發燙，癟嘴遷怒地丟下一句「這什麼奇怪的門，莫名其妙」，逕自踏出辦公室。
「慢走，晚點見。」
背後傳來蒼平輕柔的話聲，不過潤平賭氣硬是不肯回頭。
潤平走出失物招領課的辦公室，穿過宛如山中小屋的等候室來到戶外。細長的道路對面是高聳的大型工廠，相連的淡綠平坦屋頂一路延伸到深處，看來是規模不小的大公司，應該是在電車上望見的工業區之一。
廠區飄來一股芬芳香氣，潤平彎身觀察，大門的鐵柵欄後方看得到青綠草皮和五彩繽紛的花壇。如果是鈴江，一定會感概地發出「工廠也有春天呢」這種理所當然、毫無趣味的評語。潤平暗暗想著，一邊通過馬路，步向工廠大門。
工廠的門前，剛才在自動剪票口看見的鬈髮男雙手負在身後，端正站著。對了，他似乎是某某公司的警衛。潤平的視線移向鑲在門柱上的牌子，上面寫著「藤崎電機」。

髮髮男注意到毫不猶豫走近的潤平，連忙抬手敬禮。潤平依舊搞不清對方到底是禮數周全，還是在開玩笑。

「工作還沒結束嗎？」

潤平出聲詢問，鬈髮男困惑地左顧右盼後，小聲回答「是的」。

「你那聲音是怎麼啦？感冒了嗎？」

「不，依照規定，勤務中禁止私下談話。」

鬈髮男伸出左右食指，在嘴巴前交叉比出「×」的符號。雖然是長相嚇人的中年男子，性格卻意外懦弱。潤平這麼想著，心情愉快起來。

「名字呢？」

「……」

「我在問你的名字。」

「我叫門賀。」

「很好。那麼，門賀，你能讓我進這道門嗎？」

潤平原本只是想戲弄這個外表和個性相反的中年男子來打發時間，門賀卻鬆開背在身後的雙手，晃動著一頭鬈髮，打開大門。

「我能夠進去嗎？」潤平反倒一陣著急。

門賀用力點頭，再次負起雙手、挺直背脊，似乎已重返工作崗位。如此輕易讓無關人士進入，對工作卻認眞到一板一眼的程度，這算什麼？一本正經地開玩笑嗎？沒錯吧？好，如果對方這麼出招，我也有自己的打算。

「不好意思啊。」

潤平盡量佯裝平靜，大搖大擺地從職員專用的大門，走進藤崎電機的廠區。

潤平沿著道路往裡走，除了不時傳來如鹿威（註）般規律的的謎樣「喀鏘」金屬音之外，林立的廠房沒有傳出任何電鑽或交談聲。潤平想確認時間，卻發現手腕上空蕩蕩。傷腦筋，我忘記戴手表嗎？算了，反正上班時間結束，應該會響起鈴聲或音樂吧。到時混在回家的員工中離開就好，潤平暗自盤算。

潤平膽子大了起來，繼續前進。通往各工廠的都是蜿蜒蛇行的道路，而道路兩側鋪滿柔軟的草皮，宛如西洋宅邸或城堡的庭園景色。草地各處設有花壇，顯然經過精心設計，以配合行人的視線方向。潤平一邊散步，一邊讚嘆這條出色的步道。

藤崎電機占地遼闊，擁有一望無際的景色。爲了喘口氣，潤平離開步道，在草地上一棵小樹旁坐下。根據植樹碑，這棵只比潤平高不了多少的小樹，是去年春天才種的「庭櫻」。今年不曉得能不能開花？潤平撫著新綠嫩葉在風中顫動的細瘦樹木，想起今年還沒看過櫻花。

以鈴江的個性，不可能讓賞花這種春天的代表性活動，在夫婦倆的行程預定上缺席。

是太忙了嗎？潤平思忖。

潤平盤腿坐在小樹旁，伸手按摩太陽穴到頭頂，希望昏沉的腦袋舒服一點。大起大落的驚訝和憤怒，從起床就輪流襲來，他感到非常疲倦。「這個不肖子……」潤平吐出一句，深深嘆氣。

結束頭皮按摩，潤平兩手撐在身後，伸展雙腿。午間的陽光晒得草坪暖呼呼，十分舒服。潤平不由自主綻放笑容，拂過臉頰的風中帶著大海的氣味。

潤平完全放鬆下來。恍惚中，他幾乎忘記這是工廠內部，心情宛如在公園或山丘野餐般舒暢，對蒼平的憤怒似乎稍微減緩。

「在工廠裡還能這麼放鬆，我眞是個容易打發的男人。」

潤平喃喃自嘲，忽然歪了歪頭。他體內有股渴望，想一直待在這裡，從風中感受大海，傾聽眾人工作的聲響。這份可稱爲衝動的心情，連潤平自己也不知從何而來。

「傷腦筋，難道我不知不覺變成工廠迷了嗎？」

潤平苦笑著，視線移向修整過的步道，隨即「唔」地發出奇怪的呻吟，甚至忘了呼吸。

註：日本庭園常見的裝飾。引水入竹筒，水滿竹筒會翻轉，傾倒水回到原位時，筒底敲打石頭會發出清脆聲響。

只見一隻動物左右搖晃身體，不穩地走在蜿蜒的步道上。

白色腹部配上黑色背部，晶潤黑亮的眼睛，描繪出胖嘟嘟曲線的體型，突出的嘴喙和腳蹼有如鳥類，卻無法飛翔。儘管前肢形狀像鳥的翅膀，但構造上只能在水中，而不是在空中發揮實力。這隻魅力和可愛滿點，一路走到潤平面前的動物，正是企鵝。

「眞的是企鵝嗎？」

潤平用力眨眼，重複好幾次後，才喃喃吐出「是眞的」。

這段期間，企鵝邁開腳步，逐漸逼近潤平。近距離一看，除了可愛之外，企鵝還有一分威嚴。「宛如穿著燕尾服」這句形容得眞好，潤平心想。

不曉得有沒有注意到潤平，企鵝搖搖晃晃地踏步前進。潤平轉頭目送企鵝的背影後，仰望天空，視線又移向花壇，哼起小調。最後，他大喊著「不行，我忍不住了」，緩緩從草地站起。

「怎麼回事？爲何工廠裡會有企鵝？未免太奇怪了吧。」

潤平邁開不靈活的腿，奔向步道。幸好企鵝左搖右晃的黑色背影仍在不遠處，從不同角度望去，那一身緻密羽毛彷彿閃耀著光澤。企鵝不時會停下腳步，仰望天空，一副很熱的樣子。春天的夕陽雖然已西斜，仍十分刺眼。

「眞可愛。」

潤平無意識地喃喃自語，隨即感到一陣羞恥，兩手在空中揮舞：「不算、不算，剛才的不算。」企鵝注意到身後的騷動，稍微往後一瞥，又繼續前進。毫無驚嚇或慌張的模樣，不知該用坦蕩或飄然形容的態度，在在教人心生好感，潤平不禁露出微笑。

見企鵝沒打算逃走，潤平暗自叫好，決定尾隨企鵝。看來會變成一趟意外的散步，潤平深深吸進風中的海潮味與花香，心底雀躍不已。他很久沒體會到這種感受了。

企鵝踩著難以稱為俐落的腳步，一點一點確實邁進。牠理所當然地通過工廠大門，走向海狹間車站。潤平原本想向擔任警衛的門賀，打探企鵝和工廠之間的關係，但也許是另有急事，門前不見他的身影。

如意算盤落空，潤平數落門賀是「不會看時機的傢伙」，繼續追著企鵝。

企鵝在山中小屋風格的等候室突然停下，挺起胸膛，望向牆壁。沿著牠的視線望去，牆上貼著一小時只有一、兩班車的支線，也就是油盥線的時刻表。

牠在確認時刻表嗎？怎麼可能！

潤平還在驚訝，企鵝恢復原本的姿勢，啪噠啪噠地鑽過沒關閘門的剪票口。人無法通過，企鵝就能自由通行嗎？潤平嘖一聲，往褲子口袋摸索，裡頭還放著剛才從鈴江手上拿走的ＩＣ卡。

「這次可別關上喔。」

潤平喃喃自語，像在對自動剪票口的感應區放話，接著輕輕覆上ＩＣ卡。他半祈求、半威脅的願望實現，閘門並未關上，成功通過剪票口。

此時，潤平滿腦袋只想著，企鵝的目的地究竟是什麼地方？

於是，尾隨企鵝爬上階梯，看到月台停著一列橘色電車，及企鵝併攏雙腳跳進電車時，他才會毫不猶豫地決定「我也要去」，跟著搭上電車。

企鵝站在車門旁眺望著大海。潤平以眼角餘光觀察企鵝，在長條座椅的正中央落坐時，腦海瞬間浮現鈴江和倉平的臉，但通知發車的美妙旋律吸引他的注意力，他馬上將兩人拋諸腦後。

「眞是懷念的曲子。」

潤平喃喃出聲，卻想不起曲名，也想不出歌手是誰。

電車在油盥站和本線的波濱線合流後，車廂內變得意外擁擠。不過，企鵝仍一臉若無其事地待在自己的空間，不久便隨著大批乘客在美宿站下車。由於波濱線經過美宿站，就會連接上通往東京的路線，忐忑不安的潤平終於鬆一口氣，努力追上混在人潮中，朝剪票口前進的企鵝身影。

電車上的乘客幾乎都不在意企鵝，潤平印象十分深刻，彷彿身處時間靜止的世界，只有他能夠自由活動。潤平按捺不住，湊向在滑手機的中年上班族，出聲搭話：「車門旁好像站著一隻企鵝，是我眼花了嗎？」

中年上班族從手機螢幕上抬起頭，狐疑地打量潤平。幸好在對方眼中，潤平的外貌和給人的感覺，並不是需要警戒的對象。他放鬆緊繃的表情，客氣地開口：

「不，不是您眼花，那裡的確站著一隻企鵝。」

上班族好笑地看向瞪大眼的潤平，詢問：

「您該不會是第一次搭企鵝列車？」

「企鵝列車？」

「是的，在大和北旅客鐵道的列車上，這幕景象是家常便飯，不知何時就出現這樣的稱呼。以我個人來說，今天大概是第四次和企鵝搭同一班列車。」

「原來是這樣啊。」潤平點點頭，陷入沉默。他暗暗對與在地人融爲一體的企鵝心生佩服，同時莫名失落。原以爲自己與企鵝的相遇是特別的，潤平覺得有點丟臉，也有點掃興。

企鵝和在海狹間站一樣，搖著前肢走出美宿站的剪票口，腳步堅定地穿過人來人往的車站通道。在人群遠比電車內多的大車站，有些人發現企鵝後駐足，拿出手機拍下企鵝的身姿，不過，大部分的人都理所當然地趕過企鵝，或與企鵝錯身而過。即使在意企鵝，也沒人不小心碰到企鵝或追趕牠。

「眞不愧是企鵝列車的乘客。」

潤平滿意地點點頭，順從好奇心，繼續跟蹤企鵝。

企鵝穿過走道，步出車站西口。只見林立的百貨公司、附有電影院的大型購物中心，及保齡球館等商業設施，當地有名的文具店「文博堂」的巨大招牌顯得十分醒目。西口正面設有公車總站，不過企鵝似乎沒打算搭公車。牠無視排隊搭公車的民眾，邁步前行。沿著公車往來的主要幹道旁的林蔭步道走五分鐘左右，寫著「美宿水族館」的招牌映入潤平眼中。不會吧！他暗想著，不過事實正如他的猜測。

企鵝搖搖晃晃地擺動身體，進入水族館。

「這是企鵝的家嗎？」

潤平難以置信，愣在原地。他在腦中描繪企鵝每天早上像人類一樣搭電車去工廠上班的情景，覺得愈來愈滑稽。潤平努力忍著笑，一邊走向售票處。

來到售票窗口，潤平發現沒帶錢包。他掏遍春季薄大衣、褲子、背心到襯衫上的所有口袋，只有一張ＩＣ卡。

「傷腦筋，忘了帶錢。」

潤平懊惱地喃喃自語，年輕的售票小姐等半天，仍燦爛一笑：「說不定沒問題。」她臉頰還有酒窩，非常可愛。

「但我沒帶錢包……」

「可以使用ＩＣ卡的電子錢包。」

「原來如此。」

潤平嚴肅點頭，其實對售票小姐的話毫無頭緒。他依售票小姐的指示遞出ＩＣ卡，以免被看穿自己並不理解。

隨著表情的變換，售票小姐臉上就會出現酒窩。將潤平的ＩＣ卡刷過小型機器後，她再次微笑，於是酒窩又出現。

「沒問題，裡面的錢足夠。請問您要用ＩＣ卡支付嗎？」

「付吧。」

什麼裡面的錢？潤平雖然很想追問，還是清了清喉嚨，點點頭。

好不容易追上企鵝，不能在這裡磨蹭，以免跟丟。如果水族館就是企鵝的家，潤平想看看牠在家裡放鬆的樣子。

聽從售票小姐的建議，潤平買了夜間票。下午五點後入場，票價似乎比白天便宜五百圓。潤平下意識地想看手表，再次想起自己忘了戴。

「抱歉，現在幾點？」

「下午五點四十五分。從下午六點起，海洋劇場有海豚表演；六點半開始，互動公園還有『外帶焦糖』的免費現場演出。」

「外玳鮫？這種海洋生物的名字眞古怪。」

聽到潤平的喃喃自語，售票小姐不禁咯咯笑。

「那不是海洋生物，是人，類似偶像歌手團體之類的。」

「爲什麼我來水族館，還非得看偶像歌手不可啊！」

討厭被人嘲笑的潤平，毫不隱藏怒色，大聲駁斥。雖然看到售票小姐垂下眉毛，露出「啊」的嘴型，他仍毫不在意地轉身走向水族館。

在售票處花費的時間比預想久，潤平通過水族館大門時，企鵝已不見蹤影。

潤平焦急地環視四周，穿過宛如昏暗隧道的走道，走進整面牆都是巨大玻璃水槽的樓層。水槽中的鯊魚、烏龜、鰩魚、沙丁魚等魚群，隨心所欲地依照各自的軌跡及速度游動。

目睹充滿魄力的畫面，潤平忘了正在尋找企鵝，張嘴呆愣在原地。過了一陣子，他的雙眼逐漸習慣昏暗的光線和水槽的大小，終於能夠觀察周圍。他發現企鵝不在這個樓層，放眼望去盡是年輕的情侶。

看來，夜間的水族館似乎是熱門約會地點。由於館內只要不用閃光燈就能拍照，水槽前一群女孩背對海洋生物一字排開，男孩則盤踞在高一段的觀賞區，等拍起來比較好看的海洋生物游近，就喀擦喀擦地按下快門。

「無聊透頂。」

潤平冷哼一聲，向不停爲情侶拍合照的工作人員說「我在趕時間」後，硬是橫越整個樓層。

「眞是的，最近的年輕人只顧討女人歡心，眞不像樣。」

嘮叨不休的潤平彎過轉角，眼前出現宛如海底隧道的手扶梯，他再次驚奇不已。看來是讓人搭著手扶梯，從剛才的巨大水槽中上樓的構造。

潤平小心翼翼地踩上手扶梯的踏板，目光四處逡巡。仰頭撞見從天花板優雅游過的鰩魚腹部時，他不禁發出「喔喔喔」的驚嘆聲。

潤平連忙按住嘴巴，不過手扶梯上面幾階還是有人覷著他。怎樣？情緒稍微激動一點不行嗎？潤平板著臉抬起頭，發現一個小學生站在手扶梯上，不可思議地注視他，剛好和他對上視線。

大概是潤平的神情有點可怕，男孩慌慌張張地轉回去，握緊身旁父親的手。

哈哈哈，沒骨氣的傢伙。

潤平忍住笑，忽然恢復正經的表情，連眨幾次眼。牽手的父子背影，給他一種似曾相識的感覺。

奇怪，我在哪裡看過這幅景象？潤平歪著頭努力回想時，海底隧道已到盡頭。

「啊，可惡。」

潤平嘖一聲，毫不猶豫地走下樓梯，穿過巨大水槽的樓層，再次踏上手扶梯。不管搭幾次都讓人雀躍不已，潤平興奮的眼神比周圍的孩童都閃閃發亮。

搭了四趟手扶梯後，潤平決定踏上新的樓層。此時，館內的廣播通知海洋劇場的表演即將開始。

那就是售票小姐提到的海豚秀吧，潤平掃了周圍一眼，確認附近沒有企鵝身影後，決定沿寫著「海洋劇場」的指示牌前進。我不是想看表演喔——他在心中向自己辯解。

來到位於頂樓的海洋劇場，坐上硬梆梆的長椅後，潤平才發現自己多麼疲倦。小腿到大腿一陣痠麻，皮鞋緊緊勒著腳，看來整隻大概都腫了。除此之外，連腰也隱隱作痛。

「走太久了嗎……」

潤平揉著腰環視海洋劇場。海洋劇場的整體形狀，像是分成一半的研磨缽，觀眾席呈階梯狀，最底部是深水池和舞台。水池和最下方的觀眾席之間空出一條走道，還有一座明顯是海獅尺寸的頒獎台。劇場是半露天式，水池上方拉起遮陽棚，頂部垂著球和圓環。表演開始時，這些道具的位置都會再往下降一點，方便訓練有素的海豚及海獅進行表演。

腰痛範圍逐漸擴大，潤平閉緊雙眼。他感到疼痛緩緩爬向上半身，越過肩膀，經過脖子和側臉，終於抵達腦門。起床時隱約感受到的頭痛，突然變成清楚無比的刺痛。

潤平低吟出聲，揉著腰際的雙手轉而按上左右太陽穴，以拇指用力按壓。不施加其他痛感，這股疼痛根本難以忍受。他的腦中竄過一陣陣尖銳的痛楚。

這時，場內響起觀眾的掌聲和歡呼聲，訓練師伴隨兩頭海獅，出現在劇場下方的舞台。

「大家晚安，歡迎來到美宿水族館！」

透過麥克風，訓練師活潑的話聲在場內迴響，觀眾反應十分熱烈。傷腦筋的是，潤平好不容易壓下的疼痛跟著活躍起來。他受不了，將按住太陽穴的手指塞進耳朵。

由於是平日的下午六點，觀眾席並未坐滿，座位空到能夠讓一組觀眾獨占一排。託此之福，潤平才能夠防止周圍客人注意到他身體不適。潤平認爲，受到他人關心等於被視爲弱者，是一種屈辱，所以能避則避。

爲了撐過表演，潤平全程捂住雙耳、閉緊眼睛，以免昏倒。不論是海獅將訓練師拋來的圓環一個不漏地套過脖子，或用鼻尖旋轉圓球，及用前腳倒立的同時揮動尾鰭的逗趣招呼，他都無緣欣賞。連海豚的表演，他都只聽到觀眾爲高高躍起的海豚發出歡呼。

「各位觀眾請留意，館內還有很多來自大海的朋友，請記得去看看牠們喔。」

等充滿活力的訓練師切掉麥克風，潤平才戰戰兢兢地張開眼。四周的觀眾都起身離席，走向海洋劇場出口。由於出口在劇場的最上方，大家紛紛沿著長條座椅旁的階梯，排隊往上走。

疼痛終於和緩，潤平從太陽穴放開雙手，再次俯瞰已不見海獅、海豚、訓練師身影的舞台及水池。

此時，前方傳來壓低音量的交談聲。

「平先生，那裡有隻企鵝……」

「的確有隻企鵝呢。」

「該不會是海狹間車站的那隻企鵝？」

「怎麼可能……」

「長得很像啊，比如頭上的白色條紋。」

「千繪……那條像髮箍的白色帶紋，是所有巴布亞企鵝的特徵，剛才在企鵝區不是有解說嗎？」

「我讀過那段解說，不過還是覺得有點像。」

聽到「企鵝」和「海狹間車站」等關鍵字，潤平豎起耳朵。往下一看，下兩層的座位上，一對情侶並肩坐著，腦袋湊近聊天。兩人側臉十分相像，猶如兄妹。順著女子的視線望去，潤平馬上發現他們談論的企鵝。水池和觀眾席之間的通道上，一隻企鵝左右搖晃著身體，從舞台的右方走向左方。

那隻企鵝的身形和走路方式、嘴喙的色調及頭上宛如髮箍的白色條紋，在潤平眼中正如女子所說，像是來自海狹間車站。

「就是牠。」潤平低喃著準備起身，前方的情侶卻在同一時間站起，他連忙坐回座位。

一把年紀的大男人拚命追著企鵝屁股的樣子，可不能讓這些年輕人看見。

那對不論身高或打扮都極爲相似，讓人感受不太到性別差異的情侶，注意到表演結束後仍獨坐在觀眾席的潤平時，瞬間露出疑惑的眼神，但馬上又轉向彼此。

「千繪，每天過著不習慣的生活，會不會有點累？」

「咦，還好啦。第一份正式工作當然會犯不少錯誤，不過我看開了，畢竟是菜鳥，失誤也是正常的。所以，我沒精神耗弱到會看錯企鵝。」

女子笑著這麼說，男子則一臉信賴地看著她，提議「那我們去吃個壽司再回家吧」。

接下來，兩人針對要吃迴轉壽司，還是貴一點的店，及要先點什麼壽司等話題，展開熱烈的討論大會，一邊踏上階梯離去。

「參觀水族館後居然還能去吃壽司？真搞不懂這種人的腦袋。」

潤平嘟囔著，發出「嘿咻」一聲直起腰，慢慢走下階梯。不曉得頭痛何時會再次發作，他無法隨心所欲奔跑。來到水池前的通道，他望向企鵝消失的左方，發現一扇對開式的木門。門上的鎖並未打開，卻不見企鵝的蹤影。牠究竟去哪裡？

潤平靠近門，握住門把，嘎達嘎達地搖晃。隨著晃動的力道增加，左右門板逐漸錯開位置，出現不只企鵝，連人都足以輕鬆通過的空隙。

潤平彷彿發現魔術的手法，興奮地哼氣：「這就是答案。」

「企鵝應該是用身體撞門，從門縫走到外面吧。」

門後傳來許多男人粗厚的聲音。

「怎麼回事？」

潤平猶豫片刻，確認周圍沒人，用力推門，鑽出空隙。此時，他早將頭痛的事早拋在腦後，也就是說，疼痛已和緩到足以忽視的程度。

沿著海洋劇場外的緩坡往下走，潤平來到室外。

夕陽西沉的藍色天空下，圓形廣場一隅設置簡易舞台。舞台上的燈光耀眼，隨著卡拉OK式的伴奏音樂高歌、但沒調整好聲量的清亮嗓音，在整個場地迴響。

潤平立刻按上太陽穴，確認頭痛並未再次襲來，邁開腳步，卻在印著「手工麵包」字樣的旗幟映入視野時，改變前進方向。

他朝「手工麵包」的旗幟走去，取出一直塞在褲子口袋中的水族館小冊子，確認上面的地圖。按照地圖，目前似乎是在水族館與運動公園交界的石磚圓形廣場「互動公園」。每逢萬聖節會有化妝遊行，週末則會舉辦跳蚤市場，在秋天的漫漫長夜裡會邀請爵士樂團來演奏，暑假還會有特攝英雄秀，看來是一個能夠舉辦各種互動活動的場地。廣場內到處都有長椅或桌子，即使不想參加活動，也能夠放鬆休息。

以這些人爲客群，互動公園周圍設有不少攤販，飄散著可口的香氣。攤販並無主題或統一性，各自販賣著卡博烤肉串、炒麵、炸雞塊、熱狗、鬆餅、蘋果糖、車輪餅、刨冰等，宛如臨時想到的各種輕食或點心。

潤平背向舞台，穿過互動公園，一路順暢地接近立著「手工麵包」旗幟的流動餐車。與卡博烤肉串及熱狗的擁擠人潮相反，餐車前一個客人也沒有。

「歡迎光臨。」

在餐車旁閒閒沒事做的賣麵包小姐低頭向潤平致意。她戴著讓人加深「手工麵包」印象的純白廚師帽，一身白色作業服，還圍著大紅領巾，十足麵包師傅的打扮。大概純粹是充充樣子吧，潤平在心中下評論。

潤平僅用眼神回應招呼，繞到餐車的貨架。只見貨架改造成玻璃展示櫃，裡面排列著許多種類的麵包。

今天睡到下午，起床後又直接出門，潤平到現在都還沒吃東西。一旦意識到飢餓，他不禁覺得空腹難耐。

「有紅豆麵包嗎？」潤平向賣麵包的小姐詢問。

「有喔。」

賣麵包小姐點頭回答，一手按著點頭時歪掉的廚師帽，一手用夾子取出展示櫃上層的麵包。看到面前托盤上的圓麵包，潤平低喃「是黑芝麻啊」。

「咦？」

「紅豆餡是顆粒餡，還是豆沙餡？」

「呃……應該是……顆粒吧？」

一聽就知道麵包不是她做的，不過她依舊露出自然的笑容。

「您好快就決定要吃什麼麵包呢。」

「我很喜歡紅豆麵包。不是喜歡麵包，因爲是紅豆麵包才喜歡，妳懂嗎？」

賣麵包小姐適當地點頭接話，迅速以邊走邊吃用的餐紙裹起紅豆麵包。

「麻煩用電子錢包結帳。是用ＩＣ卡裡面的錢，沒問題吧？」

潤平趁機使用剛學到的詞，看到她回答「沒問題」並接過ＩＣ卡後，便放寬心，滔滔不絕說下去。

「吃紅豆麵包就要選顆粒餡，其實我最喜歡的紅豆麵包，還要加上鹽漬櫻花。不過，黑芝麻也能湊合啦。」

潤平的口氣愈來愈倨傲，賣麵包的小姐悄悄嘆氣，聳了聳肩。潤平沒注意到，只看見她掛著燦爛笑容低下頭。

在「謝謝惠顧」的道別聲中，潤平再次走向燈光耀眼、發出嘹亮音樂的地方。他一邊走，一邊咬手上的紅豆麵包。紅豆餡甜度剛好，麵包也口感濕潤，原本並不特別期待味道的潤平大吃一驚。這種出乎意料的驚喜，我隨時歡迎——潤平心滿意足地想著，瞬間吃得一乾二淨，甚至考慮要不要厚著臉皮回去買第二個。猶豫不決時，他抵達先前的目的地。

接觸到這個地方的氣氛，潤平像挨一巴掌，睜大雙眼愣在原地。眼前是從未見過的光景，像是用「壓倒性」還不足以形容的漩渦，幾乎要吞沒潤平，甚至讓他心生恐懼。

舞台上，五名少女分別穿著桃紅色水手服、貓咪布偶裝、沾滿血的白袍、和服褲裙短得有如迷你裙的巫女裝，及被稱爲歌德蘿莉風的緊身束腹洋裝等，打扮成在潤平看來，除了「稀奇古怪」沒其他形容詞的模樣，又蹦又跳。觀眾超過八成是男性，年齡層從少年、和蒼平差不多大的青年，連步入中年的男子都有。大夥毫不停歇地整齊呼喊口號，配合曲子整齊揮動五顏六色的螢光棒。曲子進入間奏時，還以抬神轎的訣竅舉起群眾中的一人。

只要在中間燃起火堆，就跟邪教儀式沒兩樣。潤平停下無意識後退的腳步，逞強地哼一聲。

「一群讓人不舒服的傢伙。」

他的話聲不巧劃破曲子切換之間的寂靜，清晰地迴響在空氣中。潤平立即感受到台上台下都倒抽一口氣，緊繃的氛圍飽含著怒火湧向他。

「搞什麼，臭老頭，你來放什麼炮啊。」

「應該說，這傢伙真心有夠搞笑。這裡是『外帶焦糖』的演唱會現場耶。老頭子，你是不是太自感良啦？」

「就是說，就是說啊，別來玷汙『外帶焦糖』，臭老頭，快閃吧！」

台下觀眾紛紛叫罵，潤平沉下臉。

「吵死了，好好說國語！誰聽得懂你們在說什麼！」

「老頭子才不會懂。」

「少在那邊一口一聲老頭子，我才……」潤平準備回嘴，卻停了下來。

咦，我到底幾歲？

潤平陷入混亂，不知所措地放下拳頭。

此時，透過麥克風擴大的甜美嗓音，如刨冰直鑽腦門響起。

「讓大家久等了！下一首是我在『外帶焦糖』成立前發表的個人曲。」

話聲還沒結束，前奏便從音響流瀉而出，觀眾針對潤平的怒氣瞬間消散，彷彿什麼都沒發生過，再次揮舞起螢光棒，配合前奏以奇妙的曲調吶喊。

「Daily、Lovely，神奇的露露醬！Salary、Carolie，煩惱的露露醬！即使如此也不放棄當個小魔女！」

「什、什麼？什麼玩意？怎麼回事？」

驚魂未定的潤平備受衝擊。舞台上的甜美嗓音，以更大的音量響起。

「沒有掃帚也能飛上天！小魔女偶像．露露醬，今天也爲了尋找笑容出發！愛情魔法、心跳加速、露露露露……大家都變得活力百倍！」

以超大粉紅色蝴蝶結將長髮綁成兩條馬尾的少女，朝台下伸出麥克風比畫繞圈。她身上的純黑公主袖洋裝，是宛如將束腹穿在最外面的古怪設計。這個女孩是小魔女嗎？麥克風就是魔杖嗎？她到底在搞什麼花樣？然後，這群人在幹嘛？一起玩魔法師遊戲嗎？又不是幼稚園的小鬼，這不是在耍白痴嗎？

困惑到極點，潤平心中的怒火再次燃起。此時，忽然有人抓住他的胳臂。

「勸你趁現在逃走比較好。」

潤平一回頭，發現一名寬闊額頭上綁著白色頭巾的高個子，面無表情地站在眼前，在夜色中浮現的白皙臉孔顯得一片平坦。從手上的螢光棒看來，這個男的應該參加了不曉得到底是現場演唱會、儀式，還是魔法師遊戲的活動。有鑑於剛才的狀況，潤平不由自主繃緊身體。對方憐憫地低頭望著潤平，毫無起伏地說「你不用害怕」。

「我才沒在怕。」

「那就好。」

「冰雨。」有人出聲呼喚面孔白皙的男子。一個穿學生制服的少年擠進男子與潤平之間，看上去還只是高中生。

「怎麼了？露露醬的歌開始嘍。」

少年指向舞台上的小魔女，急促地說道。注意到潤平後，又困惑地垂下眉毛。

「沒關係。要是放著不管，露露醬的歌一結束，這個人就會被大家揍得半死。演唱會上發生這種騷動，露露醬會難過，我帶這個人帶到安全一點的地方。」

名喚冰雨的男子沉著回答，少年說著「可是……」不滿地嘟起嘴。

「我們好不容易才一起來看演唱會。」

「我馬上回來。下一首是眞尋醬頭一次發表個人單曲吧？耿查斯要好好守護她。」

冰雨的目光移向穿迷你和式褲裙、在舞台邊緣爲小魔女打氣聲援的巫女，綽號耿查斯的少年臉頰瞬間泛起紅暈。

即使從遠方眺望，也看得出眞尋醬手腳修長、身材高挑，姣好的體態格外突出。筆直的黑髮帶著濡亮的光澤，襯得她端正的五官更高潔。這就是所謂的美少女吧，潤平讚許地摩挲下巴。

「井藤同學……不對，眞尋醬不要緊吧？」

耿查斯擔憂地低語，冰雨嚴肅點頭。

「這是眞尋醬首度在店外演出，緊張程度僅次於店內出道也是正常的。不過，耿查斯啊，不厭其煩地送上聲援，直到爲偶像吹散緊張爲止，正是我們粉絲的責任。」

「是，冰雨，我明白了！」

耿查斯與冰雨唱戲般的對話，恍神的潤平幾乎是左耳進右耳出，剛才聽到的「揍得半死」害他心神不定，不安地轉動視線。

注意到潤平的反應，冰雨拉起他的胳臂。

「來吧，我們走。」

「等等，這裡到底是在鬧什麼？」

對方拉著潤平走，潤平仍試圖維持自己的威嚴。

「這是地下偶像團體『外帶焦糖』的免費現場演唱會。大家都是她們的粉絲，只是在享受她們的表演。鬧的人是你。」

聽到冰雨合情合理的回答，潤平悶哼一聲。他抬頭望向冰雨，遠離舞台燈光的白皙臉孔上覆著一大片陰影。

「希望你不要一味否定自己不理解的人或事物。一旦遭到否定，對方也會反過來否定你，雙方的溝通就會戛然而止。」

注視著冰雨在陰影中一開一闔的嘴巴，潤平太陽穴深處的悶痛如同拍岸的波浪再次湧上。

好痛，潤平暗想。頭好痛，胸口卻更痛。爲什麼？

潤平不安地望向其他地方，發現賣紅豆麵包的流動餐車準備打烊，可惜他食慾全消。

他低頭望向冰雨投在地面的長長影子。這個男的眞高啊，潤平似乎認識和冰雨差不多高的男人，不過腦海卻浮現不出男人的長相。

「我不想否定爸爸，也不想被爸爸否定。」

鮮明的話聲突然在潤平的腦中復甦，他赫然抬起頭。

「怎麼了嗎？」

冰雨繃緊白皙的臉孔看著潤平，顯然是覺得他的行爲非常可疑。

「沒事。」潤平無力地搖搖頭，搓揉後頸。

話語不經意脫口而出，潤平吃了一驚。

「眞抱歉。」

剛才是怎麼回事？我在向誰道歉？

潤平陷入極端的混亂，冰雨嚇傻般陷入沉默，不久後便停下腳步。不知不覺間，兩人已離開互動公園，重新回到水族館前。

冰雨從褲子口袋中拿出手機，確認螢幕上的時間。

「演唱會不到三十分鐘就會結束，『外帶焦糖』的粉絲應該會直接前往握手會。如果想避免無謂的紛爭，不妨在那之前回去，或在水族館消磨空檔，錯開回家的時間。」

「我明白了。」

潤平頷首，冰雨幾不可察地低頭致意，轉身準備離去。這一瞬間，他的手機映上室外的燈光，潤平看見他的待機畫面。那是一張企鵝的照片，而且是頭上有著宛如髮箍的白色帶紋的企鵝特寫，潤平脫口喚住冰雨。

「我只是在找企鵝而已。」

冰雨佇足，緩緩回頭。平坦的臉上依舊毫無變化，卻傳達出困惑的情緒。

「企鵝……不是應該在水族館裡嗎？」

聽到冰雨合情合理到極點的建議，潤平彷彿看到一線曙光。

「對啊，牠說不定回到同伴身邊了。」

儘管太陽穴深處殘留著疼痛，潤平的話聲仍十分有精神。向冰雨舉手道別後，他率先轉身，再次進入水族館。

企鵝區在水族館三樓。潤平先前沉浸於海底隧道，又在廣播通知海豚秀即將開始後匆忙離開，於是錯過這一樓層。不曉得是考慮到企鵝，還是礙於省電政策，燈光十分昏暗，連零星散布在同一樓層的客人的臉都看不清楚。

相反地，玻璃另一側沐浴在明亮的日光燈下。企鵝們就在這方世界中攀爬岩山、潛進深闊的水池、整理羽毛，或歪頭將嘴喙藏在腋下，站著睡覺。玻璃後傳來「嘎啊嘎啊」的叫聲，是哪一隻在叫呢？潤平貼緊玻璃，凝目觀察，發現在岩山旁餵企鵝的飼育員，隔著玻璃向他點頭打招呼。那名飼育員毛髮茂盛，一副山中野人的模樣。眞親切啊，潤平不知所措，含糊地點頭回應，視線又轉回企鵝身上。有的企鵝頭上長著猶如雞冠的羽毛，有的體型嬌小，有的體型龐大；有的企鵝的黑潤瞳眸周圍環著一條白色斑紋，看起來總是一臉吃驚的模樣；有的企鵝肚子上有斑點，有的和潤平一路尾隨的企鵝一樣，頭上有宛如髮箍的白色帶紋。這麼多不同種類的企鵝，簡直令人眼花撩亂。

「要是那傢伙混在裡面，我只能舉雙手投降。」

潤平沮喪不已，不禁喃喃自語。抬頭望向牆上的時鐘，發現不知不覺已過晚上七點。差不多該走了，潤平準備離開玻璃前時，一道單純澄澈的讚嘆聲響起。

「好可愛。」

「嗯，眞的很可愛。」

往旁邊一看，一對父子在玻璃前專注地盯著企鵝。潤平對男孩有印象，那正是他在海底隧道嚇到的男孩。

館內十分昏暗，兩人並未發現不遠處的潤平，繼續交談。

「皇帝企鵝、漢波德企鵝、阿德利企鵝、跳岩企鵝、小藍企鵝，還有……嗯……」

「巴布亞企鵝？」

「對，這裡面我最喜歡牠。」

「頭上白色的斑紋挺可愛。」

父親點頭附和。男孩扭扭捏捏，終於下定決心呼喚一聲「爸爸」，抬起頭。

「我想養企鵝。」

面對男孩認眞的請求，父親搔搔頭。

「養企鵝沒那麼簡單。」

「很難也沒關係，要怎樣才能養？」

「唔，企鵝都待在水族館，家裡沒辦法養。」

「咦，爲什麼？那家裡蓋水族館就好了吧。」

「眞是……了不起的想法，在家裡蓋水族館嗎……」

「不然我們搬到水族館住也可以啊。」

潤平會心一笑，暗暗鼓勵一臉困擾地說著「傷腦筋啊」的男孩父親。

快點，好好回答。你兒子是認眞的。換成是我……不，我應該……會……這樣……回答。

「『如果爸爸變成更了不起的人，就把整座水族館買下來給你。所以你也要好好讀書，變成了不起的人喔。』」

潤平無意識地脫口而出，音量還不小，父子倆頓時閉口不語。

糟糕，腦中閃過這個想法已太遲。潤平覺得地面突然傾斜，其實是頭暈的緣故。不行，潤平想用力站穩腳步，身體卻不聽使喚，像斷線的人偶一樣跌落地面。

潤平的眼角餘光瞥見男孩躲在父親的背後啜泣。怎麼啦？小弟弟，嚇到你了嗎？真抱歉。雖然看起來是讀小學的年紀，說不定更小。我對小孩的心一竅不通，連親生兒子的事都一無所知。

周圍響起忙亂的腳步聲，及「不要緊吧？」、「快叫救護車！」等急迫的呼喊聲。不過，這些都不曾留駐在潤平的腦海，只帶給他「好吵啊」的感想。

別管我，讓我睡吧。讓事情就這樣結束吧。

逐漸朦朧的視野中，只有映在玻璃水槽的臉孔特別清楚。倒影中瘦削的臉頰、布滿皺紋的眼角和嘴角、髮線後退不少的額頭、變薄的頭髮，潤平花了好一會工夫，才理解這是自己現在的模樣。

「哈哈，什麼嘛，我是個十足的老頭子。這樣啊……從那之後經過好久啦。」

潤平啞聲呢喃，在腦袋回想起「那」是什麼前，輕輕閉上眼。

不知時間過了多久？潤平突然覺得背上出現一股推力，然後意識到有人將趴在地上的自己翻成仰躺。要幹什麼？潤平的問出口前，一個俐落幹練的聲音早一步響起。

「響子！找能夠當枕頭的東西，墊到他的肩膀下面。對，平扁的東西也無所謂，注意不要讓頭的位置太高。」

「知、知道了，我的包包應該可以吧。」

潤平迷迷糊糊睜開眼，看到一名擁有讓人印象深刻的凜然眉型和聰慧大眼的女子，拿著偏大的側背包蹲下，接著，毫不猶豫地將質地精美的包包墊到潤平頭下。這樣包包會變形吧，潤平過意不去地想著，同時對造成別人麻煩的自己感到生氣。雖然想馬上起身，卻無法動彈。我到底是怎麼了？

「美知，這個人睜開眼了！」

名喚響子、一臉聰慧的女子高喊，與響子截然不同的女子出現在響子身邊。她在潤平面前揮揮手，放慢語速緩問：「看得到嗎？」見潤平點頭，她露出笑容，告訴響子：

「太好了，他終於睜開眼，也還有意識。」

接著，她轉向潤平，一字一句清楚地解釋。

「叫了、救護車、再撐一下。」

聽到救護車，潤平冒起冷汗，拚命搖頭。

「我……不要……我不要搭車……」

「但又沒有救護電車。」

響子畏縮地插話。美知伸手輕輕擱在響子的膝上，偏頭向潤平發問：

「您爲什麼不喜歡車子？」

爲什麼？想也知道吧？潤平準備開口，卻一陣茫然，因爲他完全想不到理由。說起來，我到底爲什麼不喜歡車子？

大概從一開始，美知的目的就不是向潤平問出答案。她毫不在意潤平沒答覆，鄭重地確認：

「我可以、解開幾個、襯衫的釦子嗎？」

開玩笑，我自己來就好。潤平試著解開釦子，手卻無力垂下，完全不聽使喚。見潤平咬著嘴唇，美知露出柔和的笑容。

「我叫、立花美知，擁有護理師的、執照。身旁、是我的朋友、笹生響子。她、雖然不是護理師、卻是可靠的朋友。」

響子不知所措地低頭致意，小聲說著「請加油，撐下去」。

加油？做什麼？

美知說一聲「抱歉」，俐落地爲潤平解開三顆襯衫鈕釦，繼續問：

「您的、名字是？」

「藤……」

喉嚨如燃燒般灼熱，潤平乾咳幾次，才張嘴回答。

「藤崎潤平。」

不曉得哪裡傳來警鈴，潤平不快地皺起眉。灼熱感肆虐的地方似乎不是喉嚨，而是腦袋。同時，潤平察覺那並非灼熱感，其實是疼痛。霎時，那份疼痛彷彿突然加上一塊沉重大石，教人難以忍耐。

潤平的身體一彈，不停顫動。

「啊，藤崎先生！藤崎潤平先生！」

「藤崎先生！請您撐住！」

潤平記得身旁的美知大叫「是痙攣」，然後在他的嘴裡塞進手帕，防止他咬到舌頭。然而，潤平的意識急遽遠去。儘管知道閉上眼後，美知與響子輪流呼喚他，卻始終睜不開眼皮。沒多久，她們的名字和臉龐，便噗通沉進潤平記憶滲漏形成的大海，消失無蹤。

潤平再次遺忘，一如他至今為止遺忘的眾多事物。連自己會有所遺忘，都會忘卻。

完全失去意識的潤平眼角，滑下一滴淚水。

四周一片雪白，今年的雪依舊綿綿不絕，簡直教人傻眼。儘管月曆上已是春天，潤平生長的小鎮應該仍困在雪中。皚皚白雪要從鎮上消失，還要等好一陣子。短暫的夏天，幾乎不知不覺結束的秋天，然後冬天再次降臨。漫長沉重的冬季，所謂的雪國就是這樣的地方。

潤平只提一個波士頓包，踩著長靴踏過積雪，朝車站走去。沒人為他送行，家裡不願對潤平的前程給予祝福。

「為了鎖螺絲，居然特地跑到東京那種地方，你眞是個笨蛋。」

丟下這句話，轉身背對潤平的父親駝得厲害。繼承祖先代代相傳的田地，靠種植蘋果養活一家的父親，在心中的混亂與悲愁下，背膨脹隆起。

潤平不發一語，行一禮離開。沒人能夠理解他，每個人都只會反對，潤平發出嘆息。不論父親、母親、兄弟姊妹或任何親戚，所有人都是前進未來的障礙，大家居住的小鎮全是他的敵人。

到東京後，先買鞋子吧。就算不吃飯，也要買一雙上好的皮鞋。潤平吐出白霧，暗暗決定。在他心中，腳上濕雪與泥巴弄髒的老舊長靴，像故鄉的小鎮般灰暗沉重、土氣十足，一點也不適合東京。

潤平搭上夜行列車。當時還沒有新幹線，他從車窗仰望無數星星閃爍的夜空，向故鄉訣別。我不會再返回故鄉，也沒必要回來，潤平努力這麼告訴自己。否則在東京工廠工作的生活，一定會讓自己馬上打退堂鼓。

我不想變成窩囊廢，更不想成為喪家之犬。我要出人頭地，變成了不起的人。

高中畢業的潤平開始工作，一步步確實地磨練技術。就算出身鄉下被其他人瞧不起，他仍不氣餒、不生氣、不逢迎，只是一笑置之。他認為低頭老實請教的鄉巴佬，即使會招人嘲笑，也不會招來怨恨。一回到家，他就配著魷魚乾大口喝水，囫圇閱讀報紙和書本。休假則搭地下鐵遊遍東京。比起一些在東京土生土長的人，他對東京更有一份喜愛之情，才想努力收集各種關於東京的第一手資訊。當時的潤平總掛著笑容，實際上也確實擁有許多快樂的回憶。不過，他的臼齒在將近三十歲的時碎裂，不得不裝上假牙，應該是不自覺咬緊牙關的次數不少。

當潤平發現故鄉的方言從身上消失時，他已擁有無人能及的技術，能夠想出沒人想得出的點子，儼然成為公司的支柱。聊天之際，他展現出豐富的知識；提到東京好吃的餐廳，沒人比他更清楚。成長為出色男人的潤平，在公司中廣受歡迎，擁有寬廣的人脈，升遷速度比同期的任何人都早，甚至超過一些公司前輩。不過，由於他平時刻苦認眞的表現，沒人對潤平心懷嫉恨，背地裡說他壞話。

原本家人訕笑為「鎖螺絲的工作」的小工廠，搭上日本高度經濟成長期的浪頭後，逐漸茁壯擴大。轉眼間，收益就成長到栽種蘋果的農家，不論如何努力都無法抗衡的程度。員工人數不斷增加，潤平決定下一個賭注。他向老闆請求，將一整個部門連同員工交給他，讓他創建一個新公司。請求獲准，潤平珍惜地培育自己的小公司，即使總公司因泡沫經濟倒閉，仍頑強地生存下來，並在耕耘十五年後，取得營業用廚房電器業界的第一名寶座。

到了現在，應該沒人不曉得「藤崎電機」這家公司的名字。

藤崎電機在員工擴編及廠區擴建等需求下，連同總公司一併遷離東京，轉搬到臨海工業地區的海狹間時，潤平心中的東京夢和情結都已消失。

積滿白雪的道路漫長，一路朝遠方延伸。潤平踩著腳下的積雪，感受到自己從十八歲的少年成長爲青年，然後步入中年。

我好好奮鬥過，既沒成爲窩囊廢，也沒變成喪家之犬，而是飛黃騰達。我在公司中嶄露頭角，順利出人頭地，還開辦一家公司，最後成爲公司中地位最高的人。來自鄉下的高中畢業小伙子，不只成爲總經理，還當上董事長，簡直是最完美的結果、最完美的人生，我的心中毫無遺憾。

潤平不停這麼告訴自己，卻湧不出半點喜悅。爲什麼？

「這是哪裡啊？」

在及膝的積雪中停步，潤平踮腳環顧四周。

事到如今，又回到捨棄的故鄉嗎？不，不對，雪的種類和故鄉有所不同。這裡的雪比故鄉鬆軟，還輕飄飄的。

「簡直像是長著翅膀的雪。」

潤平被自己的喃喃自語逗笑，簡直像鈴江會說的話。鈴江？鈴江是……誰啊？

視線落點處的雪映照著昏黃的燈光。潤平緩緩前行，出現三角屋頂的童話般小屋，橘黃燈光從窗戶傾瀉。潤平鞭策疲憊的雙腳，跋涉前進。隨著與小屋的距離愈來愈近，飄至鼻前的香味愈來愈明顯。那是一股甜蜜蜜、香噴噴，難以忽略的誘人氣味。

「原來是麵包店嗎？」

潤平踮腳窺探充滿橘黃燈光的屋子，裡面似乎是廚房，擺著大型烤箱和一疊銀色托盤。一個高眺的男人在中央的調理台前，拚命搓揉著麵團。

每當他使出全身力氣按壓麵團，細瘦的上臂就會隆起肌肉，認眞嚴肅的側臉彷彿能夠聽到他的呼吸。幾綹黑髮從頭巾垂下，鬈曲得十分厲害，看來應該是自然鬈。

這麼一提，那傢伙出生時，鈴江曾過意不去地說：

「小寶寶的頭髮又多又鬈，大概跟我一樣是自然鬈。」

鈴江的髮量的確很多，鬈曲的頭髮更是難以整理。不過，隨著她年紀增長，頭髮亂翹的程度逐漸減低，髮量也變得剛剛好，現在是一頭漂亮白髮。所以，那傢伙只要再過幾年……再過幾年？不，再過幾年也沒用，因爲那傢伙……

想到這裡，潤平伸手按住太陽穴。

我想起來了。鈴江是我的妻子，所以妻子說的「小寶寶」，就是我的兒子嗎？啊啊，沒錯，他是我兒子。他就是我的兒子蒼平。

一陣又一陣的刺痛襲向潤平的腦袋。潤平埋藏在大腦深處，遮掩在蓋子下的記憶彷彿正要衝破血管。

「藤崎……藤崎草平，那傢伙是我兒子。爲什麼藤崎電機董事長的兒子……會在做麵

包？」（註）

明明一直告訴他要好好讀書，將來要出人頭地。參考書、補習班、寬敞的書房、氣派的書桌，潤平將沒能擁有的全給了兒子。他希望兒子能夠上好學校，進大公司——可以的話，最好是是藤崎電機——成功出人頭地。他希望兒子和自己一樣，體會到人生隨著工作起伏，一路攀向巔峰的感覺。潤平深信這才是男人的人生醍醐味。

然而，這傢伙爲何會在滿是積雪、和我捨棄的故鄉幾乎一模一樣的偏遠地方，悠悠哉哉地揉麵糰？草平，你在搞什麼？

「喂，草平！」

潤平怒上心頭，剛要大吼，卻發現眼前是一片純白的雪牆。

「草平……？」

潤平慌張地環顧四周，三角屋頂小屋和橘黃燈光都消失無蹤，除了皚皚白雪以外什麼也沒有，眞的空無一物。

潤平緩緩舉起凍僵的雙手，仰頭望向天空。他停不下顫抖的身體，也止不住滑落的眼淚。

「草平，快點回來！」

註：「草平」和「蒼平」的日文讀音相同，都是「ソウヘイ」（Souhei）。

放聲吶喊的那一刻，身體就告訴他這個願望不可能成眞。腦袋抹消的記憶，身體卻重新掘出。

潤平依然不停呼喚，回想並不代表接受，兩者是完全不同的事。

我不承認，不管再過幾年也不會承認。

絕不會承認我的獨生子，藤崎草平早已不在人世。

再次睜開眼，映入潤平視野的是一片純白，不是白雪，而是全白的天花板。

「呼啊……」

潤平發出睡迷糊般的安詳聲音。逐漸清晰的視野，在四面簾幕包圍下，切割成方形空間。從腦袋下方的枕頭和貼著背部的床墊，潤平得知自己躺在床上。他的視線沿著頭上點滴瓶延伸出的導管移動，發現導管末端的針扎在左手時，忍不住低低呻吟。

鈴江連忙拉開簾幕查看，眼中浮現淚水。

「老公，你醒來啦。」

「這是哪裡？」

「潮台田醫院，救護車把你從美宿水族館載到這裡。你倒下時，一個護理師和她的朋友恰巧在附近，幫你進行急救措施。你眞的、眞的、眞的是太幸運了。」

鈴江截斷話語，擤了擤鼻子，似乎激動得說不下去。總是樂天悠哉的鈴江慌亂成這個樣子，於是潤平明白先前的狀況非常嚴重。他不曉得該向鈴江說什麼，只好默默點頭，然後盯著鈴江身旁的紅髮青年。

「水族館那邊打給藤崎太太的手機後，我們就趕來醫院。爲了尋找突然從車站消失不見的藤崎先生，我們事先聯絡所有藤崎先生可能前往的地方。」

紅髮青年靜靜解釋，揚起笑容。長長劉海下露出的黑潤大眼讓人印象深刻，卻沒有任何與兒子相像的地方。即使如此，潤平仍有股想認定青年就是草平的衝動。他壓抑心裡的念頭，開口：

「你是海狹間車站的站務員吧。」

像是下班的青年已脫掉鐵道公司的制服，換上卡其褲配牛仔外套的便服打扮，但潤平依舊認得出他。疼痛消褪後的腦袋變得無比清晰，潤平宛如握著記憶一端的線頭，輕易喚起沉睡的記憶。潤平記得這頭紅髮，彷彿要聚焦般瞇起眼，注視著青年。照常到藤崎電機上班的時期，潤平見過這名青年不少次，也曾經交談。

青年難爲情地垂下目光，點點頭。

「是的，我叫守保蒼平，是大和北旅客鐵道的職員，目前任職於波濱線遺失物處理中心。」

「我搞錯幾次？」

「咦？」

「我把你當成兒子藤崎草平，總共搞錯幾次？」

守保軟綿綿地露出沒氣般的笑容，搔了搔頭。

「嗯，這是第幾次呢？我記不太清楚。」

換句話說，弄錯的次數頻繁到這種地步，潤平暗自嘆氣。所以，他才會知道「蒼平在海狹間車站」，眞是傷腦筋。

「眞是對不起。」潤平向守保道歉，然後望向一旁的鈴江。

「欸……我的腦袋到底出了什麼事？」

潤平的話聲帶著顫抖。屢次將別人誤認爲兒子，失去兒子過世的記憶，連賭上大半輩子的公司都忘了，還記不起自己的年紀和現在的容貌，甚至差點認不出妻子，不管怎麼看都絕非正常。回想起太陽穴深處傳來的激烈痛楚，潤平緊緊閉上雙眼。鈴江爲他蓋好被子，乾脆地回答。

「你的腦中長了腫瘤，是良性的。主治醫生說記憶障礙、意識不清和混亂應該都是腫瘤造成。」

「腫瘤……」

「因爲是良性的，只要動手術就能去除。」

鈴江睜大原本就不小的眼睛，彷彿在對小孩子說話，緩緩重複：「只要動手術，就能解決一切問題。」

「我不要動手術。」

潤平蓋著棉被，小聲卻堅定地回答。儘管鈴江露出恐懼的表情，潤平依舊沒有撤回前言的打算。

「夠了，我已活得夠久。在這世上我沒有任何要做的事了。」

爲了維持自身的威嚴，潤平脫口說出一番瀟脫的理由。實際上，兒子的死帶來的巨大挫折，導致潤平滿心後悔。所以暗地裡，他確實抱著一絲軟弱的期待，與其活著忍受煎熬，不如早日前往另一個世界。

病房中瀰漫著沉重鬱悶的沉默，不知哪裡傳來刻畫時間的滴答滴答聲。鈴江突然轉身跑出病房，躺在病床上的潤平出聲呼喚，卻無法抓住妻子的手。

病房裡只剩下潤平和毫無關係的陌生人。他尷尬地移開視線，又忍不住覷向守保的紅髮和柔軟彎起的嘴角。像鴨子一樣的嘴巴，讓守保看起來格外可愛親近。守保顯得一派輕鬆，放鬆到有人或許會形容爲輕率的程度。

那份不可思議的安心感勝過尷尬的情緒，話語自然地從潤平口中溜出。

「我的兒子草平，三十二歲就過世。」

某天，突然隔著電話，從鈴江口中聽到的兒子死訊，宛如遙遠國家的新聞般缺乏眞實感。

「哎，雖然和那傢伙斷絕父子關係後，我們十二年沒見。不過，『不見』和『無法相見』，還是不一樣吧？」

面對潤平虛弱的疑問，守保點點頭，拉開立在床邊的折疊式鋼管椅坐下。守保表現出的傾聽姿態，讓在告白的同時，心中仍有所猶豫的潤平放鬆不少。

「草平從小不論讀書或運動都比別人強，家裡擺著一堆的獎狀和獎盃，也一帆風順地考進名門大學。他不像我，是個好相處的人，從鈴江那邊聽說他有很多朋友。撇除父母的私心，我依然認爲他是優秀的人才。」

「打擾了。」敲門聲響起，一名中年護理師走進病房，打斷潤平的話。確認潤平的點滴殘留量後，她拔去針頭。

「好，結束了。等您覺得比較舒服，就可以回家。」

護理師簡單幾句帶過，潤平不禁面帶怒色。

「說什麼可以回家……我腦袋裡不是有腫瘤嗎？」

「是啊。不過，藤崎先生，您沒打算動手術摘除腫瘤吧？既然如此，只能採取對症療法和藥物控制。」

護理師的三白眼瞪向潤平，重複強調「不動手術就請回去」。從她的說法和表情來看，潤平推測不是第一次進行相同的對話。如果直覺正確，她一定和鈴江一樣，不知勸潤平動手術多少次，卻一再遭到拒絕。擔心病情惡化，卻又爲潤平的頑固目瞪口呆，她們想必不勝其煩。

護理師俐落地收拾點滴，大步走出病房。潤平目送著她的背影，不禁嘆一口氣。

「呃……我講到哪裡？」

「令郎是優秀的人才。」

「對、對，沒錯。」潤平頷首，舔了舔嘴唇。不把話說完，我才不要回家，潤平賭氣地想著。這份暴躁的情緒，導致他對草平懷抱的怒氣重新復甦。

「可是，那傢伙突然不讀大學，說要成爲麵包師傅。」

「令郎找到想做的事呢。」

「才不是！根本是被年紀比他大的女人騙了。那個女人迷得他團團轉，眞是不爭氣。」

「我想開一家麵包店。」

草平向父親提出想中斷大學的學業，成爲麵包師傅的計畫。從未對父親頂嘴的草平，唯獨在這件事上，無論潤平怎麼斥責怒罵、怎麼諄諄教誨、怎麼哀求怨嘆，他都堅持不肯放棄。

經過漫長的討論，潤平終於退一步提議「起碼等你大學畢業吧」，草平害臊地紅著臉回答：

「她肚子裡有小孩，我想盡早獨當一面。」

草平滿懷夢想，繼續說著「總有一天，希望爸爸嘗嘗我做的麵包」時，潤平狠狠打他一巴掌。之後的事，潤平記不太清楚。即使鈴江撲上前制止，潤平無法自由行動，但在憤怒與悲傷交織下，他渾身不停顫抖。

「混帳！別以爲你天眞的想法行得通，這世界沒那麼好混。」

草平出生後的二十年間，潤平將養育兒子的責任交給鈴江。儘管如此，潤平星期日會和草平一起去釣魚，讀報紙的社論並交換意見，或帶草平出門旅遊。一直以來，潤平自認已盡力爲草平展現一名父親應有的姿態。所以，那些日子到底算什麼？潤平忍不住這麼想。笨拙不善溝通的自己，與草平共度的時光，是通往這種未來的基石嗎？想到這裡，潤平按捺不住，嘴巴擅自動了起來。

「隨你愛滾去哪裡，不過，別再給我回來！不論是你、要嫁給你的女人，還有你的小孩，以後都與我無關。我們從此斷絕關係！」

鈴江的啜泣聲、草平啞聲說「對不起」，及靜靜關門聲，彷彿昨天剛發生，在耳朵深處再次響起。潤平閉緊雙眼。

他拉起棉被遮住臉，緩緩深呼吸。一切都過去了，再也回不來。事到如今，不管怎麼想都太遲了。

畢竟草平已不在世上。

「讓你聽了無聊的故事。」

潤平隔著棉被發出含混不清的聲音，守保回答「不會」。

帶著透明感的嗓音，聽不出究竟是驚訝還是困惑，不過潤平沒勇氣探出頭確認守保的表情。

「這個故事，我該不會講過很多遍了吧？」

「許久以前，我聽過一次。」

守保坦白告知，潤平傷腦筋地嘆氣，接著轉變為睡眠時的呼吸聲。潤平像是掉進洞裡，深深入睡。

再次醒來，天已亮。潤平這次沒做任何夢。不，說不定只是不記得而已，因爲臉頰一片濡濕。

「反正不會是什麼好夢。」

潤平喃喃自語，掀開棉被。雖然不再爲與自家不同的白色天花板感到驚訝，但看到坐在鋼管椅上打瞌睡的守保，卻脫口而出：「爲什麼？」

「早安。」

守保穿著和昨天一模一樣的便服，一臉睏倦地揉眼睛。

「你昨天沒回去嗎？」

「我還是有些擔心。」

看著露出柔軟笑容的守保，潤平不自覺加重語氣。

「你沒義務做到這種地步。」

「義務……嗎……」

守保複述一遍，有點難過地偏了偏頭，旋即又露出微笑。

「感覺好些了嗎？」

爲了回答這個問題，潤平從床上坐起，轉了轉脖子，搓揉太陽穴，順便揮揮手臂，肩膀發出喀喀聲響。

「除了肩膀僵硬以外，似乎沒什麼大礙。」

「太好了。」

守保柔軟一笑，起身後伸了大大的懶腰，連帶冒出一個呵欠。「不好意思……」守保縮起肩膀，潤平絲毫沒有受到冒犯的感覺，點頭簡短應一聲「嗯」。

「回家前，要不要繞去海狹間站一趟？」

「爲什麼？」

海狹間站和離潤平家最近的車站方向相反，潤平的疑問合情合理。

守保有些猶豫，仍筆直注視潤平，開口解釋。

「現下是櫻花盛開的時節。」

「櫻花？別開玩笑了，今天是四月二十二日吧？不到十天就要進入五月，關東地區的花期早已結束。」

守保彷彿沒聽到潤平的話，自顧自說著「這是夫人拿過來的」，遞出裝在紙袋中的衣物後，先走出病房。

潤平一頭霧水，套上帶著家裡味道的乾淨襯衫。

離開病房後，潤平和守保並肩穿過走廊，和幾名住院患者一起搭寬敞的電梯到一樓。雖然潤平走得不快，但只是小心起見，身體並無不適。

說我的腦袋裡長了腫瘤，果然不可信。

潤平自豪地挺起胸膛，旋即又垂下頭。只見頭上包白色繃帶的少年，推著點滴的支架經過。潤平內心的洩氣話變成抱怨，脫口而出。

「醫院眞討厭。」

「沒人喜歡醫院。」

聽到潤平的自言自語，守保應道。潤平以爲守保是半開玩笑，轉頭一看，守保的表情卻意外嚴肅。

「就算不喜歡，還是得在醫院不斷接受手術，忍受痛苦的治療。每天只能盯著蒼白的天花板打發時間，只能仰賴著這種日子才能活下去，甚至無法出去看看。寬廣的世上，也有這樣生活的人。」

富透明感的嗓音靜靜述說，一字一句緩緩滲進潤平的心。通過無聲滑開的自動門，潤平走到醫院外，在春天的朝陽下張開雙臂深呼吸。沒有衣物遮蔽的臉頰和脖子感受到的空氣，比起「溫暖」，更偏向以「炎熱」形容的季節即將來臨。

「瞧，沒有半株櫻樹還在開花。」

潤平轉身仰望潮台田醫院。這棟五層樓的白色建築物，只要在中央掛一個大時鐘，看起來就像學校。他伸手遮擋陽光，環顧四周，目光停在樓頂。上頭似乎有人影。

「喂，樓頂上好像有人。」

潤平瞇起眼再睜大，試圖對焦。不過，剛好正對著太陽，只有一片炫目的景象。一旁的守保疑惑地歪著頭，年輕的雙眼看清樓頂的身影。微微點頭後，他向潤平回報：

「那是夫人。」

「什麼？」

「夫人在樓頂。」

「爲什麼？」

潤平忘記炫目的陽光，再次睜大眼，望向樓頂。這次視野映入一道嬌小人影，正探出欄杆往下看。果眞如守保所說，那是鈴江嗎？潤平的視力不足以確認那個人的五官，不過守保這麼一提，從肩膀到腰間的柔順曲線確實有幾分眼熟。

「眞是的，她在那種地方做什麼？老公早就出院了喔。」

潤平原本要冷哼一聲，表情突然變成一片空白。封藏在心底箱子深處的恐懼，冷不防掀開蓋子襲來。

「她該不會打算跳下來吧？」

潤平的話鯁在喉間，雙腳簌簌打顫，幾乎無法站立。明知自己的表現不正常，卻無法揮去心中的恐懼。儘管頭痛沒有發作的跡象，他卻無法跟上迅速湧現的記憶，陷入混亂。

潤平轉身奔回醫院，怕自己會大喊出聲。雙腳不太靈活，不過並未跌倒。他上氣不接下氣地衝進電梯，連按R和關門鍵。

「藤崎先生，怎麼了？」

守保沒發出腳步聲，呼吸也毫無起伏，宛如影子跟在潤平身後，語氣和先前一樣平靜。潤平無法好好說明，只能喘氣般一再重複。

「我看過這幕景象。」

以前我確實目睹某人像那樣打算自殺。當時我正好在場，不過在樓頂的是誰？

電梯上方與數字並列的R字亮起燈，電梯門打開，潤平衝出去。通往樓頂的門上貼著「禁止住院患者出入」的告示，並且鎖著。潤平毫不猶豫地握住門把，用力一拉，門便輕易地開啓。

守保偏長劉海下的雙眼連連眨動。潤平轉頭望向他，嘖一聲。

「和當時一樣，根本等於沒鎖，看來還沒修理好。」

之前我也是這樣撬開門，潤平十分確信。當時的觸感深深烙印在記憶中。沒錯，我不是第一次這麼做。

當時，我用相同的方式打開門，來到樓頂，努力尋找趴在欄杆上發抖的背影，然後、然後……潤平拚命搖頭，記憶逐漸湧上腦海，與眼前的景象重疊，彷形成重影。還是，其實一切都是腫瘤造成的幻影？

潤平扯開乾啞的嗓子，朝抓緊欄杆回望的人影大喝一聲。

「喂，別死啊！」

沒錯，之前我也是這麼喊。

「打從出生，人就有活著的義務。不要輕易尋死，也不要撒手放棄，好好活下去吧。」

那張淚水濡濕的臉龐凝視著潤平，鬆開握緊欄杆的手。準備自我了斷的身影不再傾斜，而是落進拚命伸長胳臂的潤平懷中。

潤平還記得懷中那副太過輕薄蒼白的身軀。他的胳臂上殘留無數點滴針頭造成的紫色瘀青，頭髮是所剩不多的生命力聚集的紅色。

潤平僵硬地轉向守保，彷彿會發出嘎吱嘎吱的生鏽聲響。

「原來是你嗎？」

守保凝視潤平，搔搔紅髮，低頭開口：

「十年前眞是感謝您。」

想知道的事太多，潤平不曉得從何問起，嘴巴開開闔闔。此時，鈴江來到兩人身邊。

剛剛靠著樓頂欄杆的，果然是鈴江。

潤平將守保的事暫擱一旁，質問鈴江：

「妳也打算尋死嗎？」

「『妳也』……？」鈴江偏著頭蹙起眉，隨即笑說「眞是的」，輕拍潤平的胳臂。

「爲什麼我非尋死不可？」

「妳不是探出欄杆……」

「我接到守保先生的聯絡，過來接你，卻晚到一步。抵達病房後，護理師告訴我剛好和你們錯過。醫院內不能使用手機，我就到樓頂打電話，恰巧看到你們，才打算出聲叫住你們。」

然而，鈴江的聲音沒傳到兩人耳中。潤平目睹鈴江探出欄杆的身影，和過去的記憶重疊在一起，擅自往不好的方向想像——似乎是這麼回事。

「妳這個蠢蛋！」

潤平厲聲斥責鈴江。不像這樣使出力氣大吼，他覺得自己會癱坐在地。

鈴江自然一臉尷尬，守保平和地開口：

「眞虧您曉得怎麼到樓頂。之前您就知道樓頂的門鎖形同虛設嗎？」

鈴江像惡作劇被抓到的小學生，聳聳肩，露出不好意思的表情。看得出她視線游移，尤其避免望向潤平。

「怎麼？妳常到樓頂嗎？」

鈴江不情願點頭，卻無視潤平追問的「爲什麼」。

「我先下去嘍。」

丟下這句話，鈴江眞的轉身離去。潤平怒上心頭，準備叫住鈴江時，卻聽到守保喃喃自語。

「畢竟不能在病人面前落淚嘛。」

潤平恍然大悟，一回頭，只見守保漆黑的雙眸注視著自己。那雙有如幼獸般，閃耀著純眞光芒的烏溜大眼，深深吸引潤平。

確認鈴江搭上電梯後，守保靜靜講述：

「我的母親也常到樓頂哭泣，所以我能夠理解。住院的病人當然痛苦，不過陪同的親人一樣不好受。」

「你住院的期間很長嗎？」

守保幾不可見地點頭，紅髮柔順地晃動。

「國中和高中的六年，全在醫院度過。」

曾經度過名爲青春的時代，便明白那六年的每分每秒都該充滿回憶。

「那眞是……不好受啊。」潤平斟酌著用詞。

「確實挺不好受。」守保一副看不出不好受的樣子，軟軟一笑。

「六年之間，我反覆接受手術。醫生說著『這次就能把病治好』，但往往下一次檢查後，治療又得全部重來。我愈來愈瘦，一直長不高，頭髮不停掉，只能頂著紅色假髮，而且胳臂上滿是注射的痕跡。我漸漸分不清自己到底算活著，還是死了。那時，我不禁考慮起死後的事，認爲撒骨灰不錯，彷彿能夠得到自由……不知不覺中，我晃上樓頂。」

守保略去剩下的話語，再次鄭重低頭說「對不起」。

潤平垂下頭，皮鞋在水泥地面敲擊出聲。那一天，潤平做完定期健康檢查，和今天一樣走出醫院準備回家，突然轉身仰望樓頂。發現映入眼中的身影正要翻過欄杆，潤平臉色大變。「在我趕到前，對方跳樓怎麼辦？」焦急與恐懼清晰地在腦中復甦，原來那已是十年前。

「您就是在那天告訴我令郎草平的事。關於令郎是多麼出色的兒子、又是怎麼跟您發生衝突，您娓娓道出一切。」

「因爲你的名字，念起來跟我兒子一模一樣啊。另一方面，我兒子過世沒多久，無論如何我都不想讓你死。怎麼能讓你死？」

潤平一字一句緩緩解釋，守保咬著嘴唇點點頭。

「我活下來了。活下來後，像是永遠不會結束的可怕手術和治療迎向終點。活下來後，我慢慢長回頭髮，體重逐漸增加，長高了一點點。活下來後，我重返以爲再也沒機會造訪的外面世界，四處旅行，接著開始工作，每天眺望日月、大海、電車與工業區交織的景色。活下來後，我才能再次與您相遇。所以，藤崎先生，我有話想對您說。」

守保的神情忽然變得柔和，帶有透明感的話聲飄散在空中。

「請好好活下去。打從出生，人就有活著的義務。不要輕易尋死，也不要撒手放棄。請接受手術吧，大家都希望您能夠健康活著。」

「大家？未免太誇張了。」

「是眞的啊。」

面對溫柔微笑的守保，潤平坐立難安地搔搔頭。這個頭髮稀薄的腦袋中長著一顆腫瘤，雖然是良性，仍教人恐懼。醫生、護理師、鈴江，及眼前這名青年，都希望他盡早接受手術，因爲只要動手術就能夠繼續活下去。這些潤平都很清楚，卻依舊心生畏怯。坦白講，一想到要切開腦袋，潤平就害怕不已。既然這個世界在兒子離開後就變得索然無味，他爲何非要接受那麼恐怖的手術不可？潤平不由得這麼想，萌生放棄的念頭。算進擔任董事長的時期，五十年的公司生活中，潤平不曾如此恐懼。不論是受經濟不景氣影響股價暴跌，或面臨遭海外企業合併的危機，他明明都能冷靜堅定地思考對策，現在竟變得這般窩囊，實在丟臉。潤平忍不住對自己生氣。

「不用你操心。」

話一出口，潤平不禁感到懊悔。十年前對青年說的那番激勵話語，是多麼搞不清狀況，多麼不負責任。當時，他根本不曉得對方的治療、手術過程是何等恐怖與痛苦，也沒考慮到對方的苦衷，只一味地要對方「活下去」，虧自己有臉說出口。

於是，潤平小聲道歉。

「對不起，我太軟弱，沒你那麼堅強。我似乎還需要一些時間，才能打心底『想活下去』。」

有生以來，潤平第一次在別人面前承認自己「太軟弱」。

守保的手放在潤平肩上，彷彿要安慰他，接著沉穩地開口：

「總之，我們去看櫻花吧。」

「假如眞的還有櫻花可看的話……」

潤平忍不住挖苦，還是點點頭，默默想著自己總是多講一句。

海狹間車站今早仍舊人煙稀少。

從三節車廂的橘色電車下來，潤平立刻發現月台前方的一團黑色身影，他忍不住高喊：

「鈴江！妳看，是企鵝。牠從水族館回來了。」

在眾人的注視下，肚子貼著月台的混凝土地面，乍看像貓一樣蹲伏的身影，確實是企鵝。鈴江聳聳肩，替潤平撐開折疊式陽傘。不過，潤平毫不在意，三步併兩步地奔向企鵝。他以鞋尖描繪企鵝落在月台上的陰影輪廓，輕輕伸出手。企鵝望著潤平的手半晌，起身舉起前肢，蜻蜓點水般碰一下。手上傳來濕潤的觸感和腥味，潤平笑逐顏開。不知爲何，一看到企鵝心情就豁然開朗。

穿過剪票口，踏進等候室，守保向潤平和鈴江低頭行禮。「接下來，請兩位先過去吧。」

「喂，說什麼傻話，我可不曉得哪裡開著櫻花。」

「我已請人帶路。等工作告一段落，我就過去會合。」

相對於焦急的潤平，守保一臉事不關己。潤平轉頭哼一聲，覺得被耍了。

鈴江安撫似地按著潤平的肩膀，輕輕推他。

「老公，我們走吧。」

「妳知道路嗎？」

「守保先生不是說會有人帶路嗎？」

「沒看到人啊？企鵝嗎？難不成是讓企鵝帶路？」

潤平大聲嚷嚷。鈴江推著他走出等候室，穿過不寬的道路，走向藤崎電機的大門。大概是潤平不停喊著「企鵝」，企鵝乖乖地搖晃身體，尾隨在後。每當和潤平對上視線，企鵝就會蠢蠢欲動地舉起前肢，左右大幅歪頭。

抵達大門口，鬈髮警衛一如往常站得直挺。「門賀。」潤平一出聲，他殺手般銳利的雙眼瞇成細縫，開心得臉龐發亮。如果他是狗，身後的尾巴一定正在猛烈搖晃。

「董事長！既然您叫我的名字，該不會想起來了？」

「是啊，我想起來了，還能夠糾正你是『前』董事長。不過，沒想起的事也很多。」

聽到潤平的話，門賀不自然地皺起可怕的臉，變成又可怕又難看。不過，一想到他是為自己感到難過，潤平吞下冒到嘴邊的挖苦。

「兩位要去賞花吧？」

依序望向潤平、鈴江，及貼在潤平身後，小小一團的企鵝，門賀換上認眞的表情。

他倆落轉身，主動打開大門。

「為什麼你知道？」

「守保先生知會我，請我帶兩位去櫻樹那邊。呃，當然是以藤崎董事長……不，『前』董事長不曉得地點為前提。」

「我怎麼會知道？」潤平嗤之以鼻。門賀垂下頭，泫然欲泣地凝望潤平，微微點頭，然後走進警衛室，揹著一個大背包出來。

「那麼，容我為兩位帶路。」

門賀邁開長腿，穿過大門，踏入藤崎電機的廠區。潤平連忙揚聲叫住他。

「喂，等一下。你說的櫻花，是指去年種下的『庭櫻』嗎？那株還沒開花喔。」

「不是庭櫻。」

門賀馬上否認，一副理所當然的表情。潤平不禁「唔」一聲，作夢也沒想到，有朝一日會在一手創建，最後還以董事長身分帶領全體員工的公司領地內賞櫻。

進入上班時段的工廠，今天同樣傳出各式各樣的聲響。潤平聽著直擊鼓膜的電鑽與金屬聲漫步，想起從擔任總經理就養成習慣的散步路線。潤平常四處走動，順便視察現場。青綠的草坪顏色漸深，不久枯黃。繽紛多彩的花朵綻放，而後凋零散落。侯鳥翩然到來，又振翅飛離。整日喧鬧的蟬聲，某天突然消失無蹤。每年的春夏秋冬，潤平都在公司裡感受鈴江喜愛的季節變化。

不知何時，潤平走在前頭，沿著過往的散步路徑緩緩移動，一邊歪頭說：

「眞的沒聽過在這個時期盛開的櫻花。」

沒人回應潤平的自言自語，啪噠啪噠走在他身旁的企鵝，仰頭發出「嘎啦啦啦，嘎」的叫聲。

帶頭的潤平配合企鵝的步調，一行人的前進速度極爲緩慢，不過沒人表示不滿。

「連這裡都聞得到大海的氣味啊。」

鈴江發出感慨。門賀一臉抱歉地搔搔鬈髮：

「呃，說不定其實是企鵝的味道。」

「哎呀，眞的嗎？」

聽著門賀和鈴江佯裝糊塗一來一往，潤平朗聲大笑。兩人鬆一口氣，露出微笑。

蜿蜒前進一陣，來到恰恰與大門形成對角的地方。一路上遇到不少員工，暫且不論身爲警衛的門賀，即使明顯是閒雜人等的企鵝和老夫婦，大夥都有禮地打招呼。不曉得潤平是前董事長的年輕員工，也謹守對賓客的禮節，潤平頗爲自豪。

不愧是藤崎電機的員工。潤平愉悅地倚在園區凸起一角的柵欄上。柵欄後方就是大海，聽得見海潮聲。只要探出欄杆，便能看到拍打消波塊的白色浪花。

沿著柵欄外側的階梯一路往下，出現一座專用碼頭。那是我建的碼頭，潤平的記憶復甦。

停在碼頭旁的白色遊艇，也是藤崎電機的所有物。潤平還是總經理時，經常使用這艘遊艇慰勞員工，大夥都玩得十分開心。現在回想，搞不好員工只是在配合迷上遊艇，甚至考取執照的總經理。

潤平倚靠著欄杆，大腿內側突然遭到企鵝橘色嘴喙的啄擊。

「好痛，怎麼啦？」

確認潤平的注意力轉到自己身上，企鵝輕飄飄地舉起前肢，腳步不穩地轉圈，彷彿在跳滑稽的舞蹈。潤平不禁失笑，抬起目光，發現門賀和鈴江在不遠處招手。

兩人之間有一棵樹，略低於門賀的身高。不過，從底處左右延展的樹枝，及滿開的雪白花朵，形成的景象非常壯觀。那一朵朵白花，正是日本人吟詠春天時，必定會浮現在腦海的櫻花。

「怎麼可能……」潤平好不容易擠出話聲。

時序將近五月，溫暖的土地上竟還有盛開的櫻花。

門賀一吹口哨，轉圈圈的企鵝便停下動作，啪噠啪噠地步向門賀。潤平連忙跟在企鵝身後。越過企鵝左右搖晃的黑白身軀，映入眼中的不合時宜櫻花，構成一幅超乎現實的風景。

走近櫻樹，會發現樹根處埋著一塊植樹碑。潤平拂去碑上的塵土，目光掃過文字，內容是「千島櫻」的簡單介紹。

「千島櫻……是遲開品種的櫻花嗎？第一次聽到這名字。」

「是北海道的櫻花。」

鈴江若無其事地補充。還眞清楚啊，潤平揚眉暗想。

每當櫻花的枝椏隨海風搖盪，花瓣便翩然飛落。不知是感到有趣，還是心神舒暢，企鵝專注地歪頭仰視櫻花。近距離看到企鵝渾圓的頭上，宛如白色髮箍的帶紋，潤平湧起撫摸的衝動。正想伸出手，耳朵深處響起一道稚嫩可愛的聲音。

「企鵝好可愛，我想養。爸爸，我想養企鵝。」

眞是強人所難。潤平露出苦笑，想起可愛話聲的主人，正是年幼的兒子草平。

很久以前，和昨天在水族館遇到的男孩一樣，草平曾向父親潤平提出請求。

「我想養企鵝。」

那是在水族館……對，正是在從美宿水族館回家的電車上的談話。

「如果爸爸變成更了不起的人，就把整座水族館買下來給你。所以，你也要認眞讀書，變成了不起的人喔。」當時這麼敷衍兒子，卻馬上將他的請求拋到腦後，不再提起。

不知爲何，草平過世後，潤平第一個憶起的正是這個願望，而且一旦憶起，就難以放下。仔細回想，草平短暫的一生中，僅僅向父親提出「想養企鵝」和「想開麵包店」的兩個願望。不論是哪個願望，身爲父親的我都沒能爲他實現，也不曾表示贊同，只一股腦認定「不可能」、「說什麼傻話」，無視草平的心願。

我不是一直深感後悔嗎？

胸中的思緒泉湧而出，潤平不禁雙膝跪地。他輪流望向企鵝圓滾滾的腦袋和千島櫻，視野逐漸暈開。糟糕，不能讓鈴江和門賀看到這副模樣。潤平咬緊牙關，卻發現兩人貼心裝成視若無睹，他一開始就輸得一塌塗地。

企鵝一骨碌轉身，啪噠啪噠地走向潤平。

「啊啊，我想起來了。你是……」

潤平顫抖著伸出手，企鵝舉起前肢，謹愼地後退一步，又慢慢接近。最後，長長的橘色嘴喙像要試探潤平心意，輕啄他的手掌。

傳來一陣搔癢的感覺，潤平抖了抖身體，瞥見晃動的人影。

他抬起目光，看到紅髮隨海風飄揚的守保走近，身後跟著一名留著粗獷短髮、接近平頭的青年。

「啊……」鈴江小聲驚呼。潤平一頭霧水，和企鵝一起歪著腦袋。

守保和另一名青年，踏著不急不徐的步伐來到千島櫻前，向圍在櫻樹旁的潤平、鈴江及門賀低頭打招呼。

「花開得很美。」守保望著千島櫻笑道。他換上鐵道公司制服，拿著小小的水桶。空氣中隱約飄來的腥味，應該就是來自水桶內的冷凍魚。在今天這種近似初夏的陽光下，守保身上的灰外套顯得有點熱。潤平發現不單他這麼想，身旁的鈴江也嘀咕著「爲什麼不脫掉外套」。

相對於守保，另一名青年一身T恤和牛仔褲的輕便打扮。這個人倒是搶先換上夏裝，看的人都覺得冷。

兩名青年形成對比的不止服裝。守保低於成年男子的平均身高，擁有纖細的骨架與偏白的膚色，給人一種中性的柔和印象。穿T恤的青年皮膚微黑、五官精悍，一頭尖簇的短髮似乎相當刺人，還有直逼門賀的身高及寬闊的肩膀，胸肌也很結實，散發著橄欖球選手般的勇猛氣息。

守保注意到潤平的視線，轉向青年，鼓勵他走上前。

「這是今天賞花的特別來賓。」

「是我請他來的。」

鈴江馬上補充說明。潤平張大嘴巴，愣愣望向鈴江，完全沒搞清狀況。這個人到底是誰？

穿T恤的青年僵硬程度不輸潤平，板著臉踏出一步，瞥見企鵝時頓時凝固。

守保清清喉嚨，似乎打算附耳低語，卻清晰可聞。

「那是企鵝，真的。請不要在意，繼續吧。」

「啊，好的。」

青年的目光慌忙移回潤平身上，使勁搔搔頭，彎腰行九十度的禮。接著，發出從他的體格和氣質難以想像的微弱聲音。

「初、初次見面，俺……不，我叫藤崎太一。」

藤崎？

「今天我是受鈴江女士，不，奶奶……的邀請，從北海道的根室過來。」

奶奶？北海道？根室？等等，等等！

潤平感到血液衝上腦袋，太陽穴陣陣抽痛。不行，冷靜一點。

十年前，我也聽過這個地名。當時是在電話中聽鈴江提及，她告訴我草平在根室的自家周圍發生車禍，送往最近的醫院，從此沒再回來。

「挺遠的啊。」

潤平低喃。北海道根室市，在那之前，潤平從未提過這座偏遠城市的名字，自然也不曾造訪，根本一無所悉。只曉得這座城市非常遙遠，讓他無法在兒子去世後立刻趕達。

太一揪緊眉頭，似乎在努力揣測潤平的意思，隨即放棄般咧開嘴，試著露出笑容。他的長相不管擷取哪個部分，都和草平截然不同，頭髮也不是自然鬈。身高雖然和草平差不多，體格卻相當不同。約莫是此一緣故，得知眼前精悍的年輕人是流有自己血脈的孫子，潤平沒有什麼眞實感。

「啊，這是伴手禮。」

像是承受不住尷尬的氣氛，太一突然改用親暱的語氣，從背包取出幾個保鮮盒。門賀連忙從自己的背包拿出野餐墊，鋪在草坪上，方便太一堆放保鮮盒。

鈴江歡呼一聲，雀躍地走近。

「是麵包嗎？」

潤平打開手邊的保鮮盒，烤成金黃色的麵包裹著塑膠袋，整齊排列在保鮮盒裡。一鬆開塑膠袋，剛出爐的麵包香氣飄向鼻尖。

「這是昨天烤好的麵包，我盡量在不接觸空氣的狀態下帶來，應該還很新鮮。」

太一不安地嘟起嘴，側臉一瞬間和草平重疊，潤平不禁眨眨眼。

怎麼回事？明明外貌差這麼多，爲何會感到相似？潤平絞盡腦汁，終於察覺是太一的表情和動作十分熟悉。

「請用。」太一缺乏自信似地偏著頭，遞出保鮮盒。他的舉止令潤平聯想到草平。振作一點，男人應該抬頭挺胸。過去潤平常這麼斥責，現下才發現自己是多麼思慮淺薄。

草平是個溫柔的男人，僅僅如此。他並不是沒有自信。他很清楚正義不止一種形式，也明白世上沒有唯一正確的道路。然而，他仍一再容忍思想古板、充滿偏見的父親。

見門賀縮起高大的身軀，打算默默離開，潤平喊住他，並邀他和大家一起坐到野餐墊。

「董事長難得一家團聚，局外人別打擾比較好。」

「不是說過了嗎？我不再是董事長，況且這裡不止你一個局外人，還有站務員呢。警衛在場也無所謂吧。」

「就是啊。」

守保毫不客氣地在野餐墊中央坐下，啃著起司丹麥麵包，連連點頭。企鵝一臉渴望，在守保周圍晃來晃去。潤平對上企鵝的目光，發現烏黑的雙眸水汪汪。難不成是肚子太餓在哭嗎？怎麼可能？潤平忍不住失笑。

當企鵝吸引潤平的注意力時，守保說出的一番話，宛如輕拍潤平的肩膀。

「大家一起熱鬧地賞花吧，這也算是爲了草平。」

「對啊，今天是他的忌日。」

在出乎意料的衝擊下，潤平比平常坦率地點頭。鈴江赫然抬起眼，和潤平目光相遇。潤平再次點了點頭。

草平過世後的十年間，潤平不曾忘掉他的忌日。只是，無法接受事實的潤平始終不願承認，一直避而不談。

今天來面對現實吧，好好接受事實。

草平已死，我唯一的兒子不在世上任何一個角落。

說不定到離開時，兒子還在怨恨不肯認同自己的父親。

潤平只能坦然接受這些事實。

「你應該有話想說吧？不要客氣。」

聽見潤平率直的話，太一睜大雙眼。儘管他膚色微黑，臉頰卻看得出薄薄的紅暈。

儘管說吧，不論是怨懟、憤怒、憎恨、悲傷，都直率說出口。潤平繃緊肩膀，注視著太一。「那麼……」太一端正坐姿，開口：

「請趕緊嘗嘗那個麵包。」

「麵包？」

太過意外，潤平反問時甚至破了音。然而，太一的眼神無比認真，不斷輪流看著保鮮盒和潤平。

「知道了，我吃就是。」

潤平的手無奈地伸向保鮮盒。門賀迅速分給大家紙杯，拿起熱水壺逐一倒入咖啡。看來，他的背包裝著全套野餐用品。潤平喝一口咖啡，望向保鮮盒。看到裝在塑膠袋裡的金黃色鬆軟麵包，他不禁「哦」一聲。

圓圓的麵包上，點綴著淡粉紅色的鹽漬櫻花瓣。

「是紅豆麵包。裡面是顆粒餡嗎？」

「是的。」

確認潤平的反應後，太一挺起胸膛。

「爺爺喜歡吃的麵包，是爸爸的指定菜單。」

紅豆餡就該是顆粒餡，麵包要表面酥脆，內裡濕潤。要是再加上鹽漬櫻花瓣，會更加完美。

潤平喜歡紅豆麵包，早餐和休假時的點心經常是紅豆麵包。草平都看在眼底，所以才選擇紅豆麵包嗎？爲了我？不可能吧。

「草平是這麼說的？」

直到最後，他都不曾放棄、埋怨或鬧彆扭，努力希望獲得父親的認同嗎？

「是的。爸爸老是說，成爲麵包師傅後，總有一天要拿著滿意的麵包，去見父親……啊，我應該叫爺爺，希望爺爺能夠品嘗味道。」

希望我能夠品嘗味道。這句堅強溫柔的話語，在潤平耳中變換成草平的聲音。他這才注意到，許久不曾想起草平的聲音。

「傻瓜，最後還不是沒做到嘛。」

潤平微弱地低語，從保鮮盒拿出一個紅豆麵包。忽然有人從旁伸出雙手，各拿走一個紅豆麵包。他抬眼一看，原來是鈴江。

「他做到了喔，只差一點點。」

鈴江交互咬著左手和右手的紅豆麵包。

「那一天，草平終於做出能挺起胸膛，拿給你吃的紅豆麵包。所以，他就像今天的太一，在背包裡塞滿紅豆麵包，出門前往機場。」

不知是紅豆麵包堵在喉嚨中，還是情緒激動，鈴江一頓，仰頭喝一口咖啡。太一接過她的話。

「他走到大馬路，準備叫計程車時……一輛沒注意路況的貨車……」

在車禍現場，從草平背包掉出的紅豆麵包散落一地。比太一的話語早一步，那幕情景浮現在潤平腦海。

「是啊。」潤平點頭。之前一定聽過這段難以釋懷的悲傷故事，他抬頭望向千島櫻。

「這株櫻花是我種下的吧。」

草平離家出走後，鈴江瞞著潤平，和草平夫婦互通音訊，得知兒子一家生活的大小事。儘管鈴江從不說出來，潤平也避免提及，不過她大概還會不時寄送食物、生活雜貨和金錢給兒子一家。

雖然是鈴江的心意，但約莫會以潤平的名義寄送。草平肯定看穿了母親的想法。

所以，他打算帶著紅豆麵包去見潤平。他想抬頭挺胸，讓父親看看自己選擇的生活方式和成果。

草平去世時，鈴江在混亂中說溜兒子一家居住的城鎮。潤平牢牢記住，暗地進行調查，得知那座北方的城市以遲開的櫻花聞名。他始終沒鼓起勇氣，造訪住著兒子留下的家人，同時也是兒子長眠之處的城市。不過，他設法取得那座城市的櫻花樹苗，朝著大海，悄悄種在公司廠區最偏遠的角落，以便隨時前來悼念兒子，在別人看不到的地方爲兒子痛哭。

潤平吸吸鼻子，目光移向待在野餐墊一角，正從守保手上大啖食物的企鵝。

「企鵝也是我弄到手的。」

守保將不知第幾個巧克力麵包的最後一口丟進嘴裡，拍了拍手。他向一旁仰起嘴喙，吞下解凍小魚的企鵝悄聲說：

「太好了，他終於想起你。」

潤平胸口隱隱作痛。企鵝烏黑的瞳眸凝視潤平，興高彩烈地發出「嘎啦啦啦」的叫聲。

三年前，一列罕見的臨時貨櫃車，駛進海狹間站。當企鵝出現在署名給潤平的貨物中時，剛報到的菜鳥站務員守保睜大眼詢問：

「藤崎先生，您要養企鵝嗎？」

之後，相同的疑問也出現在藤崎電機的員工、警衛的門賀，及來送便當的鈴江口中。有人提問時，潤平會撇下嘴角，回答「沒錯」。然而，其實他也想問自己。

我真的打算養企鵝嗎？

關於得到企鵝的經過，潤平完全沒印象，可是一同附上的契約書中，確實有著他的簽名。經過這次的事，潤平初次察覺記憶出現斷層，但並未認真看待，只是歪著頭疑惑：我醉得那麼厲害嗎？當時，他滿腦袋都在思考怎麼處理有著醒目的黑白雙色身軀，搖頭晃腦走來走去的企鵝。

毫無預警展開與企鵝的共同生活，潤平忙得團團轉。連身爲大企業董事長，工作上都不免有些左支右絀。他透過書籍和不熟悉的網路，查詢企鵝的飼料和養育環境。短短三天，爲了處理企鵝的排泄物和腥羶的體味，及一刻不停的催促餵食，潤平飽受折磨，最後只好哭喪著臉，前往離公司最近的美宿水族館求救。

「我撿到迷路的企鵝，能不能請你們接收？」

現下回想，這種太容易看穿的荒謬謊言，簡直令人傻眼。當時，潤平一心想維持身爲藤崎電機董事長，及年過七旬的堂堂男人的尊嚴。

可惜，對方馬上拆穿潤平的小動作。

擁有濃密得驚人的頭髮和鬍子，宛如山中野人的企鵝飼育員，一看到出現在飼料準備室的潤平，頓時失笑：「我想你也差不多該來了。」

聽對方的說法，潤平之前似乎頻繁拜訪水族館，追著飼育員懇求「請賣企鵝給我」。

「你說兒子的夢想是和企鵝一起生活，無論如何都想要企鵝，不管怎麼勸都不肯放棄。」

聽到飼育員搔著鬍子吐出的話，潤平瞪大雙眼。

「為了兒子嗎？」

「是啊，你說『想讓兒子開心』。」

潤平垮下肩膀。草平逝世已過七年，他一直相信兒子的死亡帶來的衝擊和悲傷已消退，而自己也打理好心態。只是，另一個自己似乎尚未放下。作為對死去兒子的懺悔，打算回應久遠以前，年幼的草平許下的「願望」嗎？潤平陷入煩惱。

飼育員一邊在企鵝飼料的小魚鰓中塞入營養劑，冷哼一聲。

「話雖如此，居然拿『我是藤崎電機的董事長』來壓人，真傷腦筋。」

「我說過……那種話嗎？」

儘管毫無印象，但自己丟臉的行為還是讓潤平臉上發燙。

「所以，你把這隻企鵝賣給我嗎？」

「怎麼可能，我還是拒絕了。企鵝本來就不適合一般人飼養。」

飼育員聳聳肩，低頭望向潤平帶來的企鵝。

「這是巴布亞企鵝，還只是幼鳥。」

身為飼育員，一眼看出企鵝的品種和年齡，算不算理所當然？潤平連這一點都不清楚。

「除了水族館以外，還有其他地方能夠買到企鵝嗎？」

「當然。巴布亞企鵝屬於準瀕臨絕種，大概不會出現在一般正常的寵物店。不過，法律並未禁止私人家庭飼養企鵝，你應該是透過藤崎電機董事長的特別管道，買到在日本繁殖的企鵝吧。」

對方話中帶著嘲諷，但潤平並未為此發作，只是滿頭疑問，不知所措。看到他的樣子，飼育員的態度稍微軟化。「水族館無法替你照管企鵝。」這麼拒絕後，他逐一向潤平仔細說明飼育環境、餵食的方法，及該如何照顧企鵝。

在那之後，潤平一下班就前往美宿水族館，向企鵝飼育員報到。他在印著公司商標的手冊上記下重點，不清楚的部分就請教飼育員，最後知識方面總算是達到一般飼育員的程度。

不明白的地方就老實承認，並向年紀比自己小的人低頭請教，潤平許久不曾體驗這樣的事。如果能夠暫時捨棄虛榮的自尊心，倒不失為一段令人內心微微發熱的興奮經驗。每每回想起初到東京的自己，潤平全身的血液都會升溫。

潤平向鈴江低頭，得到在晚上及假日將企鵝帶回家的許可。

看到潤平帶回來的企鵝，試圖用短短的腳搔頭，卻一屁股跌坐在地的模樣，鈴江高興地拍手讚嘆「好可愛」。

「我很喜歡企鵝。以前不是有一支企鵝唱歌的啤酒廣告嗎？我十分中意。」

企鵝的動畫廣告，和飼養眞正的企鵝到底有什麼關係？雖然感到不耐煩，潤平仍嚥下怒氣，畢竟他才是添麻煩的一方。

搭電車通勤的藤崎電機董事長，與企鵝組成的不可思議拍檔，獲得電車乘客及藤崎電機員工的好感與支持，甚至成爲當地有名的景象。以海狹間站爲終點的支線和本線的電車，也在這時期被民眾私下稱爲「企鵝電車」。

一切都很順利，潤平如此相信。

作夢也沒想到，不滿一年，他就因病倒下。

在公司昏倒後，救護車將潤平送到潮台田醫院。那時他注意到，有時會和取得企鵝的狀況一樣，出現記憶斷層，也曾發生自己事後都難以置信的誤會。潤平無法克制的情緒和行爲，每每令身邊的人感到困惑。他做好覺悟，準備退下董事長一職。之所以沒去醫院，是害怕聽到決定性的判決。

「檢查發現良性的腦腫瘤。腫瘤本身還小，預估的成長速度也很緩慢，目前還不需要緊張。不過，我們還是建議動手術。萬一記憶出現障礙的情況惡化，或癲癇發作，請立刻住院。」

聽到一直以來擔心的結果，第一個浮現在潤平腦中的是企鵝。雖然對鈴江過意不去，不過，潤平比較擔心無法獨自一人（鳥）生活的企鵝。

考慮到今後照看自己的辛勞，潤平思忖不能再給鈴江增加負擔。辭去董事長一職後，他也不能繼續倚賴員工的善意。

潤平不知如何是好，只得前往美宿水族館商量，但企鵝飼育員滿懷歉意地回絕。

「發生這種狀況，這邊很想幫忙收留企鵝，只是礙於規定，實在抱歉。」

飼育員沒有錯，完全是自己忽視飼養動物應有的準備與覺悟，潤平咬牙想著。不曉得是否清楚目前的處境，企鵝拚命邁開短腿，努力跟在潤平身後。看著企鵝，潤平突然對一切心生厭惡。

他湧起想要逃避所有事情的念頭。死亡、治療、手術、對妻子的義務、對員工的義務、對死去兒子的追悔，千絲萬縷的牽扯，彷彿全集結在企鵝微微鼓起的腹部，潤平一陣恐慌。

潤平和企鵝搭乘的電車進站停下，在車門即將關閉的瞬間，潤平從企鵝身邊逃走，也逃離一切。

孤伶伶留在電車上的企鵝，愣愣望著潤平。目送著企鵝愈來愈遠的身影，潤平終於醒悟自己是多麼脆弱渺小的人類。

他臉色大變，奔進失物招領課。相對於激動的潤平，守保的態度十分沉穩。

「藤崎先生，出事了嗎？」

「說什麼廢話！當然是有事才來。這裡是遺失物處理中心，而你是這裡的職員吧？好好工作啊。」

守保不以爲意地承受潤平的怒氣，紅髮隨著點頭晃動。

「您說的沒錯。不曉得您遺失的是……？」

「企鵝，我剛才和牠走散。」

「走散？」

守保長長的劉海下，和企鵝相似的雙眼注視著潤平。潤平忍不住別開視線。

「呃……總之，這樣我很傷腦筋。」

「我明白了。一定會幫您找到企鵝，請放心。」

守保並未追問，只順從地點點頭，翹成鴨子嘴，彎起軟軟的笑容。

打從守保發配到海狹間站，潤平就一直瞧不起外表軟弱的他。此刻，潤平才發現自己嚴重的偏見。

近距離面對面，潤平察覺守保柔軟的笑容中，飽含對工作的驕傲與自信。

所以，當潤平深深低下頭，說著「萬事拜託了」，心底已隱隱確信。

企鵝一定會回到失物招領課。

「於是，企鵝被送回來了嗎？」

太一雙眼閃閃發亮，湊向說了一長串話，正停下休息的潤平。

潤平喝一口不知是第幾杯的咖啡，呵呵笑著。

不知何時，保鮮盒幾乎見底，每個人都吃了不少麵包。潤平拿起最後一個紅豆麵包，半跪起身，遞給不安地縮在一角的門賀。

「喏，吃吧。」

「不，我真的……」

「別老是那麼客氣，我很感謝你。之前常麻煩你替千島櫻澆水和照顧企鵝。多虧口風牢靠的你，真是幫了我不少忙。」

聽到潤平這番話，門賀才低頭晃動濃密的鬈髮，咬一口紅豆麵包。

潤平吆喝一聲，坐回原位後，重新望向太一。初次見面的孫子，比起祖父，顯得更在意企鵝。企鵝也十分高興，嘴喙輕啄太一寬闊的背和肌肉結實的大腿。

潤平瞥一眼和自己一樣，注視太一與企鵝玩耍的守保，抿一口咖啡潤喉。

「與其說被送回來，其實企鵝是自己回來的。」

太一瞪大眼，朝企鵝吹一聲口哨。

「你也太強了吧。」

沒錯，確實如此。當時，企鵝是在某一站轉乘電車，移動到另一個月台，獨力回到海狹間站。眞是了不起的傢伙，潤平瞇起眼，望向企鵝。

企鵝的動作忽然有些遲鈍，守保馬上站起。

「不好意思，稍微失陪。」

守保引誘企鵝離開野餐墊，走向大海。看到太一凝望他們遠離的身影，潤平解釋「他帶企鵝去上廁所」。

「啊，對喔。企鵝是沒有特別動作，當場直接排泄嗎？」

話一出口，太一才注意到門賀正大嚼紅豆麵包，馬上遮住嘴巴：「呃，對不起。」

「沒錯，企鵝是當場排泄。不過，守保能夠察覺企鵝想上廁所的徵兆，就像剛剛那樣。」

「爲什麼守保先生能夠察覺呢？」

「因爲他就像企鵝的媽媽吧。世上所有的媽媽，大概都能察覺自己的小孩何時想上廁所。」

鈴江開朗地斷言。看到門賀的神情，和他手上吃到一半的紅豆麵包，鈴江吐吐舌頭：「哎呀，用餐中眞是失禮了。」

潤平點點頭。雖然不曉得守保和企鵝之間的關係，到底屬於母子、朋友，還是同事，不過他們確實擁有堅定的情誼。

這都是爲了我。

「接到失物招領課的聯絡，我前去領回企鵝。這時，我向守保全盤托出。他表現得實在太過平和沉穩，我忍不住想傾訴。我告訴他為何會弄來一隻企鵝、我生的病，及我對未來的擔憂，將所有事情一股腦攤在他面前，難看地攀住這根救命稻草。」

有沒有什麼辦法？潤平嘆著氣，守保回以微笑。

「藤崎先生，您要領回失物？還是先寄放在這裡？」

「你能……讓我寄放嗎？」

潤平一陣錯愕，守保點點頭。

「是的，這邊會負起責任，為您保管。畢竟是失物招領課。」

不過……守保抓抓紅髮，柔軟一笑。

「請詳細告訴我，該怎麼照顧企鵝。」

潤平一再低頭向守保道謝，同時不禁納悶。這名年輕職員，為何願意幫這麼大的忙？他甚至擔心對方善良到這種地步，哪天會上壞人的當。

潤平完全沒注意到，好不容易長出頭髮、並染成紅色的娃娃臉青年，正是當年企圖自殺的少年。或者說，由於小小的腫瘤，那件事失落在潤平收納記憶的抽屜夾縫，遍尋不著。

看在前董事長潤平的面子上，企鵝得以在藤崎電機廣大的廠區散步，守保一併獲得自由進出大門的許可。同時，潤平向鐵道公司交涉資金，在海狹間站失物招領課的辦公室裡，加蓋企鵝專用的冷氣房。潤平親自指揮，運用藤崎電機一路研發的廚房電器相關技術，打造可稱爲巨大冷凍庫的空間。在乘客看不到的辦公室後方，甚至挖了小小的水池。潤平和鈴江商量，今後養育企鵝的費用，一概由藤崎家全額支付。

從此以後，企鵝成爲失物。守保一直信守承諾，保管著潤平寄放的企鵝。

即使在當事人的潤平忘掉一切，也沒有任何改變。

大概是順利解決生理需求，企鵝一臉清爽地回到眾人視線範圍內。牠左右晃動身體，輕飄飄地揚起前肢保持平衡，搖搖擺擺地走回來。在牠後方，守保背著雙手，悠哉地踱步返回，柔軟的紅髮隨春日的海風飄揚。

眺望著一人一鳥的身影，太一突然轉向潤平跪坐。

「咦，怎麼啦？」

「爺爺，請接受手術吧。」

太一雙手平伏在身前，深深低下頭。

即使不特地轉頭，潤平仍感受得到鈴江和門賀驚訝得屏住呼吸。於是，他清了清喉嚨。

「爲什麼？」

「我想請爺爺吃爸爸店裡剛出爐的麵包。紅豆麵包、起司丹麥麵包、可頌麵包、藍莓瑪芬、法國長棍麵包，還有今天沒能拿過來的麵包，我全想讓爺爺嘗嘗。」

「你要我飛去根室？」

「是的。」

不經意注意到太一凜然揚起的眉毛，不論粗細或形狀都與自己十分相似，潤平不知所措地垂下目光。

「爸爸做出各種好吃的麵包，留下許多食譜。媽媽靠著那些食譜，努力維持店面，今天也是一早就開店烤麵包。高中畢業後，我開始幫忙，期盼將來能繼承這家爸爸創立，媽媽守護下來的麵包店。雖然學藝還不精，但總有一天，我會成爲能讓爸爸驕傲的麵包師傅。所以，我希望爺爺能夠常保健康，仔細看著我的成長。」

太一微黑的精悍臉龐，帶著青年期特有的青澀。草平帶著如出一轍的青澀站在眼前的那一天，彷彿發生在昨天，在潤平腦海清晰浮現。

「我想開一家麵包店。」

潤平低頭盯著在兒子說出這句話後，揮上兒子臉頰的手掌。

「老公，接受手術吧。」鈴江祈禱般低語。

「我想和你一起去那座位於北方的城市。我想在那孩子的店裡，品嘗各種按那孩子的食譜做出來的麵包。北海道的天空一定很漂亮。」

天空？麵包和天空有什麼關係？這傢伙一如往常，老是前言不搭後語。潤平瞪著鈴江，鬆一口氣似地笑了。

他的目光移向終於回到野餐墊旁的企鵝和守保。不曉得聽到哪些部分，守保緩緩點頭。

「藤崎先生，請早日恢復健康，前來領取您的失物。」

企鵝頂著白色髮箍帶紋的渾圓腦袋左右搖晃，注視著曾將自己丟在電車上逃走的潤平，眼神無比率直澄澈。

潤平張開掌心，緩緩抬起手，伸向太一尖硬的短髮，稍稍使勁揉了揉孫子的頭。

「我知道啦。」

從大海吹來的風拂過，千島櫻的花瓣在空中飛舞飄散，野餐墊一掀一掀。太一帶來的保鮮盒空蕩蕩。雖然是前一天烤的麵包，依然相當美味。如果是剛出爐，想來會是極品，而那就是凝聚草平手藝的滋味。

「我就走一趟吧。恢復健康後，我會頻繁上門到你嫌煩，讓你忍不住抱怨『臭老頭，差不多該嗝屁了吧』。你做好覺悟。」

門賀率先拍起手。伴隨他一雙大掌發出的聲響，鈴江和太一跟著拍起手。守保連忙加入，不知為何，潤平也一起拍手。

「太一，你們的麵包店叫什麼？」

守保出聲詢問，太一開心地抬手蹭了蹭鼻子下方。

「『企鵝麵包店』，這是爸爸取的名字。」

眾人不再開口，彷彿要填補安靜的空間，千島櫻的花瓣不斷飄落，其中幾瓣輕輕落在企鵝的頭上。

這個世界是如此美麗。

草平去世後，今天第一次萌生這樣的想法。我還想在這世上多活一會——潤平打心底這麼祈願。

NIL 17／企鵝鐵道失物招領課

原著書名／ペンギン鉄道なくしもの係
原出版者／幻冬舍
作　者／名取佐和子
翻　譯／鍾雨璇
責任編輯／詹凱婷、陳盈竹
編輯總監／劉麗眞
榮譽社長／詹宏志
發 行 人／涂玉雲
出 版 社／獨步文化
城邦文化事業股份有限公司
104台北市中山區民生東路二段141號5樓
電話：(02) 2500-7696　傳眞：(02) 2500-1967
發　行／英屬蓋曼群島商家庭傳媒股份有限公司
城邦分公司
104 台北市中山區民生東路二段141號2樓
網址／www.cite.com.tw
讀者服務專線／(02) 2500-7718；2500-7719
服務時間／週一至週五：09：30～12：00　13：30～17：00
24小時傳眞服務／(02) 2500-1900；2500-1991
讀者服務信箱E-mail／service@readingclub.com.tw
劃撥帳號／19863813
戶名／書虫股份有限公司
香港發行所／城邦（香港）出版集團有限公司
香港灣仔駱克道193號號1樓東超商業中心
電話／(852) 2508-6231　傳眞／(852) 2578-9337
E-mail／hkcite@biznetvigator.com
馬新發行所／城邦（馬新）出版集團
Cite (M) Sdn Bhd
41, Jalan Radin Anum, Bandar Baru Sri Petaling,
57000 Kuala Lumpur, Malaysia.
Tel: (603) 90578822
Fax:(603) 90576622
email:cite@cite.com.my
封面繪圖／Lyrince
封面設計／高偉哲
排　版／游淑萍
印　刷／中原造像股份有限公司
●2017（民106）4月初版
售價320元

 ISBN 978-986-5651-92-3

國家圖書館出版品預行編目資料

企鵝鐵道失物招領課 / 名取佐和子著；鍾雨璇譯. –初版. – 台北市：獨步文化，城邦文化出版：家庭傳媒城邦分公司發行，民106
面；公分. --（NIL；17）
譯自：ペンギン鉄道なくしもの係
ISBN 978-986-5651-92-3
861.57　　106001706

獨步文化
APEX PRESS

廣告回函
北區郵政管理登記證
台北廣字第000791號
郵資已付，免貼郵票

104台北市民生東路二段 141 號 2 樓

英屬蓋曼群島商家庭傳媒股份有限公司
城邦分公司

請沿虛線對摺，謝謝！

獨步文化
APEX PRESS

書號：1UY017 **書名**：企鵝鐵道失物招領課 **編碼**：

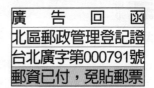

請於此處用膠水黏貼

獨步文化 APEX PRESS

讀者回函卡

謝謝您購買我們出版的書籍！

請費心填寫此回函卡，我們將不定期寄上城邦集團最新的出版訊息。

姓名：________________ 性別：□男 □女

生日：西元________年________月________日

地址：________________

聯絡電話：________________ 傳真：________________

E-mail：________________

學歷：□1.小學 □2.國中 □3.高中 □4.大專 □5.研究所以上

職業：□1.學生 □2.軍公教 □3.服務 □4.金融 □5.製造 □6.資訊

□7.傳播 □8.自由業 □9.農漁牧 □10.家管 □11.退休

□12.其他________________

您從何種方式得知本書消息？

□1.書店 □2.網路 □3.報紙 □4.雜誌 □5.廣播 □6.電視

□7.親友推薦 □8.其他________________

您通常以何種方式購書？

□1.書店 □2.網路 □3.傳真訂購 □4.郵局劃撥 □5.其他

您喜歡閱讀哪些類別的書籍？

□1.財經商業 □2.自然科學 □3.歷史 □4.法律 □5.文學

□6.休閒旅遊 □7.小說 □8.人物傳記 □9.生活、勵志 □10.其他

對我們的建議：________________

____

____

為提供訂購、行銷、客戶管理或其他合於營業登記項目或章程所定業務需要之目的，家庭傳媒集團（即英屬蓋曼群島商家庭傳媒股份有限公司城邦分公司、城邦文化事業股份有限公司、書虫股份有限公司、墨刻出版股份有限公司、城邦原創股份有限公司），於本集團之營運期間及地區內，將以mail、傳真、電話、簡訊、郵寄或其他公告方式利用您提供之資料（資料類別：C001、C002、C003、C011等）。利用對象除本集團外，亦可能包括相關服務的協力機構。如您有依個資法第三條或其他需服務之處，得洽詢本公司服務信箱cite_apexpress@cite.com.tw請求協助。相關資料不提供亦不影響您的權益。

□我已詳讀權利義務之相關條款，並同意遵守。

請於此處用膠水黏貼